# キャンピングカーで往く異世界徒然紀行

著 タジリユウ
絵 嘴広コウ

登場人物紹介
フー太《た》
フクロウに似た
もふもふしている生き物。
怪我を治療して
くれたシゲトに懐く。
シゲト
ブラック企業に勤める
サラリーマン。
登山やキャンプなど
アウトドアな趣味を持つ。
異世界に来てしまったから
にはここでの旅を楽しもうと
決意する。

ジーナ
シゲトが森で出会ったエルフの少女。抜けているところはあるが、狩りの腕は一級品。
コレット
フェビリー村に住む黒狼族の少女。不吉の象徴として疎まれている。
エリナ
ハーキム村に住む人族の少女。人懐っこくて天真爛漫。

# 第一章　キャンピングカーと異世界転移

「ふんふんふん♪」

普段は鼻歌《はなうた》なんか歌わないのに、今日だけは自然と口から漏《も》れてしまう。

そりゃそうだ。長い間抱き続けていた俺の夢が叶ったのだ！

暗い夜空に浮かぶ満月と煌《きら》めく星。静かな川のせせらぎ、目の前でユラユラと揺れている焚《た》き火《び》の炎。

そして何より、俺の横にある大きな車体。そう、今日俺はついに念願であったキャンピングカーを手に入れたのだ！

日中にディーラーから掛けられた「吉岡茂人《よしおかしげと》様、ご納車おめでとうございます！」という言葉を思い出す度、頬がゆるんでしまう。

「ふっふっふ、間違いなく今までの俺の人生の中で一番の買い物だな」

そして聞いて驚け！

なんとこいつは、キャンピングカーの中でもハイエンドとされているバスコンタイプだ！

そもそもバスコンがわからない？

まあ普通は知らなくて当然だ。実はキャンピングカーにもいろいろな種類がある。

軽キャンパー、バンコン、キャブコンなどの車を改装したもの。他には、アメリカなどに多い寝泊まりできるトレーラー部分を自分の車で引っ張るキャンピングトレーラーなんてタイプもある。

その中でも一番高価で人気のある種類がバスコンである。マイクロバスの内装を寝泊まりできるように改装したキャンピングカーで、その特徴は車内の広さと乗り心地のよさだ。

人気の理由としては、その広さゆえに、様々な機能をオプションで付けられるところだ。

俺が買ったこのキャンピングカーにはトイレどころかシャワー室まで付いており、最大で十人まで乗ることができる。

これ以上の大きさになると中型免許が必要となってしまうギリギリのサイズだ。

そしてそのお値段、オプション込みでなんと約二千五百万円！

地方なら安いマンションくらいは買えてしまうとんでもない価格だ。

「ここまでお金を貯めるのには本当に苦労したなあ……」

ブラック企業でこき使われながら、酒もタバコもやらず、彼女なんて作らずにただひたすらお金を貯めて、ようやく購入することができた俺の努力の結晶だ。

……いやすまん。見栄《みえ》を張っただけで、彼女は普通にできなかっただけです。

まあ、投資をしたらビギナーズラックでたまたまうまくいって、その利益を全部ぶち込んだというこどもあるが。

「キャンピングカーのある生活、まだ初日なのに最高だぜ！」

今日が記念すべきこのキャンピングカーで初めてのお出掛けというわけで、オートキャンプ場という自動車を乗り入れてキャンプができるキャンプ場へとやってきている。

オートキャンプ場は、車のすぐ横にテントを張れるキャンプ場で、荷物を駐車場から運ぶ手間もない。日差しや雨を防ぐためのタープという布を自動車に連結して掛けることもできるので、とても便利だ。

とはいえ、大型のキャンピングカーで泊まれるキャンプ場は日本では数少ないので、キャンプ場の下調べと予約は必須となる。

今日は記念すべき日ということもあって、平日に有給休暇を取ってキャンプ場まで来ているため、俺の周囲にお客さんは一人もおらず、このすばらしい景色を独り占めしている。そして明日泊まる場所は決めていない。

なんせキャンピングカーだからな。泊まろうと思えば、大型車停車可能などこかの駐車場にでも泊まれるから、下調べもあえてしない。

こういうのも旅の醍醐味《だいごみ》なんだよね。自由気ままにおいしいものを食べて、気になったところへ寄り道をするということも楽しいものなんだよ。

「さて、ぼちぼち寝るとするか」

いよいよキャンピングカーで初めての夜を過ごすことになる。

元々キャンプをすることが好きで、よくテントを張ってソロキャンプをしていた俺だが、ついにキャンピングカーデビューだぜ。

後片付けもそこそこに、キャンピングカーの中にあるベッドへと潜り込む。

キャンピングカーの利点の一つがこのベッドである。最近は暖かくて寝心地のよい寝袋もあるが、やはり安全な車の中とふかふかのベッドには敵わない。

今夜はぐっすりと眠れそうだな。

◆◇◆◇◆

ガンッ、ガンッ。

「うわっ⁉」

な、なんだ⁉

いきなり外から大きな音がして目が覚めた。

目を開けると、見慣れない光景が視界に映る。

そうだ、昨日は初めてキャンピングカーの中で寝たんだった。それにしても今の音はなんだ、動物か？

野生動物が寄ってこないように、食料や調味料なんかはすべてキャンピングカーの中にちゃんと入れておいたんだけれどな。

「…………はあ？」

キャンピングカーの窓のカーテンをめくって外の様子を見てみると、そこには驚くべき光景が広がっていた。

「ゲギャゲギャ」

外にいたのは野生のシカでもイノシシでもなく、背が低くて濃い緑色の肌にずんぐりとした体形の、身長一メートルほどの生物だ。鼻は平たくて耳は尖り、醜悪《しゅうあく》な顔立ちをしており、ボロい布を腰に巻いて、太い棒切れを持っている。

そう、ファンタジー世界の存在であるゴブリンが、まるで生きているかのように動き回っていたのだ。

「…………」

いくらなんでも夢だよな？

有給休暇を取るため、最近はブラック企業でいつも以上に残業をしていたから、疲れているに違いない。いや、でもまさか……

「ゲギャ？」

「ゲギャゲギャ！」

夢だとわかってはいるが、カーテンを少しだけめくって二匹のゴブリンの様子をこっそりと窺《うかが》う。

二匹のゴブリンは、昨日俺が置いたままだった焚き火の残骸やテーブルを訝《いぶか》し気《げ》に見ていた。

どうやら俺の存在には気付いていないようだ。まったく意味のわからない状況だが、とりあえずこのままキャンピングカーの中に隠れて状況を窺おう。

しばらくすると二匹のゴブリンは興味を失ったようで、キャンピングカーから立ち去っていった。

「……ふう。なんだったんだ、あれ？」

用心のために薪割《まきわ》り用のナタを武器として持ち、付近に何もいないことを確認して、ゆっくりとキャンピングカーのドアを開ける。

「どこだよ、ここは……」

俺の目の前には一面の草原が広がっていた。

遠くの方には大きな山や森が見える。昨日泊まっていたはずのオートキャンプ場は影も形もなく、キャンピングカーの横にあった大きな川もなくなっていて、草原の中にポツンと俺のキャンピングカーが取り残されている状態だった。

「いくらなんでも、これは夢だよな……？」

風が頬を撫《な》で、草原の草木の香りが広がり、ここが現実であると告げてはいるが、あまりにも現実離れした光景がそれを否定している。

「落ち着け、慌てることはない！」

無理やり心を落ち着かせて、一度キャンピングカーの中に戻り、冷蔵庫に入れておいたアイスコーヒーをコップに注《そそ》ぐ。キャンピングカーの利点の一つは、冷蔵庫や冷暖房などの家電製品を組み込めることだ。

当然このキャンピングカーにも搭載《とうさい》されており、電力についてはキャンピングカーを走らせることによる発電と、キャンピングカーの上部にあるソーラーパネルによって賄《まかな》われている。

「……苦いな。やっぱりこれは夢じゃないのか」

普段は砂糖やミルクを入れて飲むのだが、そのままブラックで飲んだため、とても苦い。

苦みなどの味覚もあるし、頬をつねってみたら痛みを感じた。信じたくはないが、ここは現実の世界なのだろうか？

「まさかとは思うが、異世界ってやつか？」

ここがただの草原だったら、地球上のどこかに転移してしまったと考える。ただ先ほどのゴブリンのような未知の生物を見てしまった以上、ここは地球とは別の星、もしくは異世界ということになる。

俺もいわゆる異世界ものと呼ばれる漫画や小説なんかを読んだことはあるが、まさにそれと同じような状況だ。

「とりあえずスマホはあるけれど……当然ネットはつながらないか」

一応キャンピングカーに積んでいた物やスマホはそのまま残っているが、当然スマホは圏外だった。

「……とりあえず、目立たない場所に移動しよう。こんな草原の真っただ中にいつまでもいたら、さっきのゴブリンみたいなやつがまた現れてもおかしくないぞ！」

さっきのゴブリンはキャンピングカーを気にしつつも立ち去ってくれたからいいが、攻撃を仕掛けてくる生物が他にいてもおかしくはない。

このキャンピングカーが目立たないような場所に移動しなければならない。

そうと決まれば、まずは外にある道具をしまって移動しよう。

「ぬわっ！　なんじゃこりゃ!?」

表に出していたキャンプギアを収納《しゅうのう》して、キャンピングカーに異常がないかを確認していると、さっきは気付かなかったが、キャンピングカーの一部が凹《へこ》んでいた。

「くそっ、さっきのゴブリンか！　ちくしょう、次に見つけたらただじゃおかないぞ！」

いや、こんな状況で、キャンピングカーが凹んだことに対して憤《いきどお》りを感じている場合ではないことはわかっているのだが……昨日納車したばかりの新車のキャンピングカーに傷が付けられているのを見て、冷静ではいられなかった。

二千五百万円もしたのに……

ちくしょう！


荷物をすべてしまい、場所を移動するためにキャンピングカーのエンジンを掛けたところ、無事にスタートしてくれた。さすがにこんな場所で立ち往生だけは勘弁である。

「とりあえずエンジンは掛かってくれて助かった。当然カーナビは動作しな——あれ、なんだこれ？」

そしてエンジンが動いたことにより、キャンピングカーに内蔵されているカーナビが起動するが、当然周りの地図は表示されない。

しかし、昨日までカーナビに表示されていなかった★のマークがあった。

なんだろうと思いつつ、そのマークをタッチしてみた。

「『ナビゲーション機能1ポイント、自動修復機能2ポイント、車体収納機能2ポイント、燃料補給機能1ポイント』……おいおい、これって……」

カーナビには、日本語でキャンピングカーに関する様々な機能が表示されており、その横には何ポイントと表示されている。これはもしかしてポイントを消費すれば、その機能が使えるようになるのではないだろうか。

「現在のポイントは10ポイントか。この画面をタッチすればいいのか？」

画面の右下には『現在の保持ポイント：10』と表示されている。これが現在使用できるポイントということだろうか？

画面をスクロールしつつ、一番上の『ナビゲーション機能1ポイント』を試しにタッチしてみる。

**『1ポイントを消費して、ナビゲーション機能を拡張しますか？【はい】or【いいえ】』**

「おっと、ちょっとタイム！」

ナビゲーションをタッチすると、画面が切り替わって、【はい】か【いいえ】を選べるようになったが、俺は慌てて【いいえ】をタッチする。

すると、先ほどの画面に戻ってくれた。

「どうやってポイントを得られるかもわからないからな。もしかしたら、この10ポイントしか使えない可能性もあるし、ここは慎重に選ばなければ！」

適当に使ってしまえば、簡単になくなってしまう。選ぶにしても、もっと慎重に決めなければならないだろう。

「……拡張できる機能の詳細まではわからないのか。細かい機能の説明が書いてあれば助かるのに、その辺りは不便だな」

選べる機能は一覧になっているが、細かい情報などは書いていない。実際に拡張してみて機能を確認するしかないのかな？

「いろいろと気になる機能もあるけれど、まずはこのナビゲーション機能は必須か」

ナビゲーションという機能はおそらくだが、カーナビ本来の機能だろう。

とりあえず、まずは目立たない場所へ移動しなければならない。

ポイントも1ポイントだけだし、この一覧の一番上にある。ゲームとかでも、こういうものは上の方が重要な場合も多いし、まずはこの機能を取ってみよう。

**『1ポイントを消費して、ナビゲーション機能を拡張しますか？　【はい】 or 【いいえ】』**

先ほどと同様の表示がされたので、今度は【はい】をタッチする。

**『ナビゲーション機能を拡張しました』**

そう表示され、右下の表示が『現在の保持ポイント：9』となった。

「おお、道が表示されるようになったぞ！」
★のマークをもう一度押すとマップのような画面に戻り、先ほどは自分の位置以外表示されていなかったはずのカーナビに、周囲の地図が表示されるようになった。
「……さすがに検索機能なんかは使えないけれど、周囲の山や川が表示されているのはとても助かるぞ。おっ、小さな集落なんかも表示されているっぽい。というか、これって相当ヤバイ機能なんじゃ……あっ、でも見える範囲の限界はありそうだな」

基本的な使い方は元のカーナビと同じらしい。

表示されている範囲を縮小し、周囲の大まかな地図を確認することもできた。そしてここから離れているが、村や街のような表示もある。

このカーナビに表示されているデフォルメされた絵から推測するに、たぶん現代の家やビルなんかではなく、古い木造やレンガ造りのような建物ではないだろうか。

そうなると、この地図を表示できるカーナビの機能や、このキャンピングカーというか車自体オーバーテクノロジーな可能性が非常に高い。

「とりあえず、現状を把握《はあく》するまで村や街に行ってみるのはやめておこう。川と森があるこの辺りに移動するか。森の木々があれば、このキャンピングカーもそこまで目立たないだろう」

幸いなことに、昨日納車されたばかりで張り切っていろいろと準備をしていたこともあり、燃料や水は満タンで、何かあった時のために携帯食料なんかは十分に積んである。

いったん落ち着く場所で現状を把握しよう。

**『目的地が設定されました。目的地まで案内を開始します』**

目的地にピンを留めて、案内を開始するボタンをタッチすると、音声と同時に画面に青い道筋が出てナビが始まってくれた。この辺りは元の世界のカーナビと同じみたいだ。キャンピングカーが入れなさそうな森や山なんかはしっかりと避けてくれている。

俺はキャンピングカーのアクセルを踏んで、移動を開始した。

「……当たり前だけれど、振動が酷《ひど》い。この分だと、いろいろとすぐにガタがきてしまいそうだ。『自動修復機能』が2ポイントってことだから、次に取る機能の優先度は高いな」

しばらく草原を走っているのだが、運転しながらかなりの振動が伝わってくる。ここは元の日本とは違って、整備された道ではないから、石なんかがそこら中に転がっているようだ。

草むらで視界もよくないし、速度を抑えてかなり慎重に進んでいる。背の高い草はないから、突然大きな動物がいたら、すぐにわかるはずだ。

**『目的地に到着しました』**

「よし、ここならさっきの草原よりは目立たないだろ」

案内が終了して、無事に目的地の河原へと到着した。

ここなら高い木々のある森に接しているからそこまでは目立たないし、反対側には小さな川があるから何か来たらすぐに警戒できる。

カーナビによると前も後ろも行き止まりではないし、小さな川だからキャンピングカーで無理やり渡って逃げることもできそうだ。

「とりあえず地図や拡張できる機能を確認しながら、今日はここで一夜を過ごすか」

先ほどよりは比較的落ち着く場所に来られたから、まずはナビを見てこの世界の状況や拡張できる機能をいろいろと検討するとしよう。

いや、その前にまずは飯だな。さすがに朝からこんな昼時まで何も食べてないし、何か食べるとしよう。

「うわっ、なんだ!?」

運転席を離れて、キャンピングカー内にあるキッチンで簡単な食事を作ろうとしたところで、窓の外に何かがゆっくりと落下してきたのが見えた。

「あれはなんだろう、白い鳥……いや、フクロウか」

地面にゆっくりと落下してきたのは、大きな翼に傷を負った白いフクロウだった。

「この世界にもフクロウはいるのか。というか、さっきのゴブリンは見間違いで、ここは地球上のどこかだったらまだ救いはあるんだけれどな」

白色のもふもふとした毛並みに覆《おお》われたフクロウは、体の割に大きな黒い目をぱちくりさせてとても可愛らしい。

「……翼を怪我《けが》していてうまく飛べないのか。治療してあげたいところだけれど、危険な生物という可能性もあるんだよな」

どうやら右の翼に一本の大きな枝のようなものが刺さっており、赤い血が流れている。こちらに気付いた様子もなく、左の翼でそれを抜こうとしているが、うまく抜けないようだ。

可哀想だから助けてあげたいところだけれど、近付いたらいきなり襲ってくる可能性もある。確かフクロウは見かけによらず、かなり獰猛《どうもう》なんだよな。

だけど……

「さすがに可哀想だな」

フクロウがふわふわの翼で必死に枝を抜こうとしている姿は、見ていてとても痛々しい。せめて、あの枝だけでも抜いてあげたい。

「確か救急セットがあったな」

キャンピングカーに積んであった救急セットとペットボトルに入れた水、そして何かあった時のための薪割り用のナタを持って、最大限に警戒をしながらゆっくりとキャンピングカーの外に出る。

「……ホー!!」

ゆっくりと近付いていくと、フクロウがこちらに気付いて、翼を広げて威嚇《いかく》をしてきた。

「落ち着け、俺は敵じゃない！　ほらみろ、何もしないぞ！」

持っていたナタと水や救急セットを地面に置き、両手を目の前に広げて、敵意がないことをアピールする。

「…………」

当然フクロウはまだこちらを警戒している。

そりゃ言葉が通じていないんだから当然だ。

「枝を抜くだけで何もしないぞ！　わかるか、こうやって枝を抜くだけだ！」

通じないとわかりつつも、必死に翼から枝を抜くジェスチャーをする。

なんとか敵意がないことをわかってもらえるといいんだけれど……

「ホー……」

フクロウはひと鳴きすると、ゆっくりと広げていた翼を戻して威嚇をやめた。

こちらに敵意がないことを感じてくれたのだろうか？

「今からゆっくりと近付いていくぞ。これは水と怪我を治すものだからな」

ナタは置いたままで、俺は水と救急セットだけを持って、慎重に近付いていく。

「よし、今から枝を抜くからな。少し痛むけれど、ちょっとだけ我慢してくれ」

「…………」

手を伸ばせばフクロウに手が届くところまでやってきた。フクロウはこちらを警戒しつつも、逃げ出さずにじっと俺を見ている。

俺はゆっくりとフクロウの右の翼に刺さっている木の枝に手を掛けた。

「良い子だぞ。そのまま動かないようにな」

「…………」

フクロウの翼を傷付けないようにゆっくりと枝を引き抜いていく。かなり痛みそうなものだが、フクロウはじっと我慢をしてくれているようだ。

「よし、取れた！」

傷口を水で洗い流すと、フクロウは少しだけ痛がっているようだが、暴れずに我慢してくれた。そしてそのまま包帯を巻いていく。

救急セットの中には消毒液もあるのだが、人以外に使っていいものなのかわからないからやめておいた。

「……よし、これで大丈夫だ。しばらくしたら、包帯を外してやるからな」

「ホー♪」

フクロウがとても喜んでいるように見える。

それにしても本当に可愛らしいな。

どうやら怪我を治療したことで、こちらに気を許してくれたらしい。ゆっくりと頭を撫でて首すじを触ると、くすぐったそうにしている。そしてもふもふとした毛並みはとても触り心地がいい。

「ちゃんと我慢して偉かったぞ。本当に可愛いな、お前」

「ホー！」

何やらとても人懐っこい。もしかして人に飼われたことでもあるのだろうか？

ぐうううう～。

「おっと、安心したらお腹がすいてきたな。とりあえず飯にするか。お前も食べるか？」

「ホー！」

まるでこちらの言葉がわかっているかのように頷《うなず》くフクロウ。

「よし、俺も外で食べるか」

一度キャンピングカーへ戻って、キッチンで簡単に調理をしつつ、アウトドアチェアとテーブルを外に持ってくる。もちろん何か起こった時のため、いつでも逃げ出せるようにキャンピングカーのすぐ横にだ。

「ほら、お前の分だぞ」

「ホー♪」

冷蔵庫に入れてあった生の豚こま肉を小皿へ取り分けてやる。

貴重な食料だが、これは昨日スーパーで購入してきたおつとめ品だから、どちらにせよ明日中に食べないと消費期限《しょうひきげん》が切れる。

確かフクロウは肉食で、基本的にはいろんな肉を食べられるはずだ。うん、ちゃんとおいしそうに生肉を食べているな。

「さて、俺の方はこいつだ」

俺の方はこの豚こま肉をさっと炒めて、キャンパー御用達《ごようたし》のアウトドアスパイスを振り掛けたものだ。アウトドアスパイスとは塩コショウやハーブなど各種スパイスを調合したもので、肉、魚、野菜、そのすべてに合うようにできている。

肉炒めと一緒に、同じくスーパーで購入したおつとめ品のサラダにマヨネーズを掛けたものも用意した。キャンピングカーに冷蔵庫があると、スーパーで購入したものをそのまま持ち込めるからすばらしい。

「うん、旨い！」

シンプルに焼いてアウトドアスパイスを振り掛けるだけでも、十分に旨いのだ。

アウトドアスパイスはマジで持っていて損はない調味料だぞ。

「ホーホー」

「なんだ、もしかしてお前も焼いた肉が食べたいのか？　はは、まさかな」

「ホー！」

「…………」

フクロウが俺の問いに対して、またも言葉がわかっているかのように頷く。さっき怪我の治療をしている時に、もしやと思ったが……

「もしかして俺の言葉が通じているのか？」

「ホー！」

白いフクロウは力強く頷いた。

「……いや、まさか。嘘だろ？」

フクロウが人の言葉を理解しているだと。そんなまさか？

「左の翼を広げてみてくれ」

「ホー！」

「……そのまま左の翼を上げ下げできるか？」

「ホー！」

「おう……」

フクロウは俺の言う通り、左の翼を広げてから、翼を上げ下げしてくれた。間違いなく俺の言葉を理解できている。

これはもう絶対に俺が昨日までいた世界とは違う世界にいるな。というか、どんな世界であろうと、人の言葉を理解するフクロウがいるのは信じられない。

いや、待てよ。俺が読んだことのある異世界ものだと、日本語でも現地の人に伝わることが多かったな。もしかしてこの世界もそうなのかもしれない。

異世界かあ……元の世界の両親や友人はどうなっているのだろう。

俺は失踪《しっそう》扱いになるのかもしれないが、まさか両親に迷惑を掛けるようなことにはならないよな？　このキャンピングカーは一括《いっかつ》で購入したし、借金なんかもないから大丈夫だとは思うが……

いや落ち着け、元の世界に戻れないと決まったわけじゃない。まずは現状をしっかりと把握することだ。

ああ、俺が勤めていたブラック企業についてはどうでもいいや。

「ホー？」

「ああ、悪い。ちょっと考え事をしていただけだ」

フクロウがぼんやりしていた俺のことを気にしてくれたようだ。

そうだな、今は元の世界のことを考えている暇はない。

これからどうするかの方が重要だ。

「じゃあ、お前も焼けた肉を食べてみるか。味が付いているから、無理しなくてもいいからな」

「ホー♪」

俺が食べていた肉を、少しだけフクロウの皿に載せてやる。

「ホホー♪」

「そうか、こっちの方が良いのか。それじゃあ、そっちの肉も焼いてやるから少し待っていてくれ。それと、まだ怪我は治っていないんだから、右の翼は動かすなよ」

「ホー！」

というか、フクロウって焼いた肉も食べられるのか……いや、そもそも元の世界のフクロウとは違うのかもな。


「ふ〜。とりあえず腹は膨《ふく》れたか」

腹ごしらえを終えて一段落したが、これからどうしよう？

とりあえず、水と食料は多少あるが、このままではいずれどちらもなくなる。

それまでになんとか生活基盤を作らないといけない。不幸中の幸いと言うべきか、キャンピングカーがあれば、寝床は心配いらない。

あとは食料か。ゴブリンなんかがいる世界だし、狩猟生活《しゅりょうせいかつ》なんて喧嘩《けんか》すらしたことがない俺には絶対に無理だ。

そうなると、どこかでこの世界の住人と接触する必要がある。

「……小さな村の近くまで行って、少し離れたところからこの世界の村の様子を見てみるか」

「ホー？」

首を傾《かし》げる白いフクロウ。

その仕草はとても可愛らしい。おかげでこんな状況なのに少しだけ和《なご》んでしまった。

「ちょっと考え事をしていたんだ。俺は別の場所に移動しようと思っているんだけれど、お前はどうする？　一応その包帯は緩めに巻いているから、しばらくすれば自分でも外せるぞ。まだ飛ぶのが難しいだろうし、家族や仲間がいるところまで送っていこうか？」

「ホー……」

すると、フクロウが寂しそうな表情を浮かべた。

もしかして、このフクロウも一人ぼっちなのだろうか。

「もし行くアテがないなら、しばらく俺と一緒に来るか？　俺は今、絶賛《ぜっさん》一人ぼっち中なんだよ」

「ホホー、ホー！」

「そうか、一緒に来てくれるか！」

フクロウが俺の右肩に乗って、俺の方に頭を傾けてくる。本当に可愛いやつだな。

「今更だけど、俺は吉岡茂人だ。よろしくな！」

「ホー！」

「そっちのことはなんて呼べばいいかな？　名前はあるのか？」

「ホー？」

首を傾げるフクロウ。さすがに名前のようなものはないみたいだ。

「それじゃあ、俺が呼ぶ名前を決めてもいいか？」

「ホー！」

何度も頷く白いフクロウ。

さて、どんな名前にしようかな。

「ちなみに君は男の子なのかな？」

「ホー！」

コクリと頷くフクロウ。どうやらこの子は雄《おす》らしい。こういう時にコミュニケーションが取れるのはとても便利だな。俺ではフクロウの雌雄《しゆう》はわからないところだった。

「う〜ん、フクロウだから、シンプルにフー太《た》はどうだ？」

「ホー♪　ホー♪」

「おお、気に入ってくれたか！　これからよろしくな、フー太！」

どうやら俺が決めた名前を気に入ったようで、頷きながら俺の肩の上でクルクルと踊っている。

とても可愛い仲間が増えたようだ。

「よし、それじゃあ、もう一人の俺の相棒も紹介しておくぞ。これはキャンピングカーと言って、家でもあり、移動手段でもあり、相棒でもあるんだ」

「ホー」

フー太を肩に乗せたまま、キャンピングカーの中へ入る。

入ってすぐの場所はキッチンになっていて、流し台や冷蔵庫、オーブンレンジ、電気ケトルなどがある。

その奥はリビングルームで、大きなソファが二つとテーブルがある。この大きなソファを伸ばせばベッドにもなる仕様だ。そして、さらに奥の方へ行くとトイレとシャワー室があり、一番奥には寝室がある。

「ホー♪」

「すごいだろ。この中でご飯を食べたり、寝たりできるんだぞ」

フー太はとても驚いた様子でキャンピングカーの中を見回している。さすがにこの世界の自然界にこんなものはないだろう。

「今日は川のあるこの場所で過ごして、明日になったら一番近い小さな村へ行ってみようと思っているけれど、フー太もそれでいいか？」

「ホー！」

コクリと頷くフー太。どうやら俺についてきてくれるようだ。

そうと決まれば、村へ行くために必要なキャンピングカーの機能を考えないといけないな。

とりあえず、燃料の補給機能や車体収納という機能は必須のように思われる。

様々な機能があるが、この選択は今後の生活を左右するからな。今は村まで行くのに必要なものだけにして、他の機能を拡張するかどうかはじっくり考えるとしよう。

「……んん、なんだこれは？」

「ホー？」

「ああ、ちょっと気になることがあっただけだよ」

「ホー」

俺が声を上げると、俺の右肩に乗っているフー太が反応した。

とりあえずカーナビの★マークをタッチして、拡張機能について確認をしていたところ、先ほどまで気付かなかったが、気になる項目があった。

**『レベルアップまで残り九百七十六キロメートル』**

……こんな表示、さっきまであったかな？

そう言えば、最初にいた場所から、ここまで走った距離が二十キロメートルちょっとだった。もしかすると、このキャンピングカーは千キロメートル走るとレベルアップすることができるのかもしれない。

というか、キャンピングカーのレベルアップってなんだ？　もしかすると、レベルアップすると拡張機能のポイントがもらえるのかも。

あるいは、このキャンピングカーがいろいろと強化されたり、新しい拡張機能なんかが増えたりする可能性もあるな。表示された拡張機能は十個ほどしかなかったし、物足りない気もしていたから、そうであったらありがたい。

しかし、千キロメートルは結構な距離だ。速度を出せる高速道路なんて絶対にないだろうし、この悪路《あくろ》では結構な時間がかかってしまいそうである。

とりあえず、今はレベルアップのことは置いておいて、現在必要な拡張機能を考えるとしよう。

「……こんなところか」

じっくりと今後のことを考えて、キャンピングカーの機能をいくつか拡張した。それと合わせて、ここから一番近い村の場所をカーナビによって確認する。

いろいろと考えていたら、だいぶ時間が経ってしまったようで、空が少し赤くなってきた。どうやらこの世界でも日は暮れるらしい。

「ホー！」

「ずっと待っていてもらって悪かったな、フー太。その分旨い飯を作ってやるからな」

「ホー♪」

さて、いろいろと考えていたら、だいぶお腹がすいてきた。昼は簡単な肉炒めとサラダしか食べていなかったからな。晩ご飯はしっかり作るとしよう。

「よし、できた。昨日から仕込んでいたステーキだぞ！」

「ホー！」

晩ご飯はキャンピングカー内にあるキッチンでステーキを焼いた。

キャンピングカーの外で焚き火をして、変な動物や今朝のゴブリンなんかを引き寄せてしまったらまずい。

野生動物は火を怖がると思われがちだが、火を見たことがない野生動物は好奇心を掻き立てられて逆に寄ってくることもあるそうだ。

少なくとも、まだこの世界のことが何もわかっていない現状では、余計なことはしない方がいい。すでにカーテンも閉めて、明かりが漏れないようにもしてある。

「スキレットで焼き上げたステーキだから旨いはずだ。炭で焼ければなお旨かったんだが、それは今度機会があればだな」

スキレットとは、鋳鉄製《ちゅうてつせい》の厚みがあるフライパンのことである。ステンレス製やアルミ製の一般的なフライパンよりも蓄熱性《ちくねつせい》に優れているのが特徴で、食材をムラなく加熱でき、肉の旨みや肉汁をギュッと凝縮《ぎょうしゅく》してくれるわけだ。

肉は予《あらかじ》め包丁で筋切りをしておき、みじん切りにしたタマネギと一緒にビニール袋へ入れておいた。こうすることで肉の繊維《せんい》が柔らかくなり、焼いた後に箸でも切れるようになる。それほど良い肉でなく、スーパーの安い肉だからこそ、余計にその違いがわかるだろう。

そして牛脂《ぎゅうし》をスキレットに塗り、そこに塩コショウで味を付けた肉を投入。強火で一気に両面を焼き上げてからすぐにアルミホイルで肉を包み、火から離れたところで数分休ませた。

こうして余熱を利用することで、中までじっくりと熱を通して肉汁を封じ込めることができるのだ。

「うん、なかなかいけるな！」

熱々のステーキの中はまだ赤くレアの状態だが、口の中で容易に噛み切ることができた。

それと同時に口の中に肉の旨みがじんわりと広がっていく。そしてまた、ステーキにこのオニオンソースがよく合うんだよ。

肉を柔らかくする時に使用したタマネギのみじん切りをステーキの肉汁へ入れて、加熱しながら醤油とみりんを加え、さらにひと煮立ちさせて作ったソース。これが肉の味を引き立てている。

「ホホー！　ホー♪」

「そうか、フー太も旨いか」

フー太もおいしそうにステーキを食べている。くちばしを使って器用に一切れずつ食べていくんだな。食べている姿もとても可愛らしい。

ちなみに、フー太の分のステーキは俺がカットしてあげた。

本当は他にもいろいろと作って食べる予定だったけれど、キャンピングカーに積んである食料は限られている。

日持ちする米や缶詰などの食材は今後のことを考えて残しておき、早めに傷むものから食べていかなければな。

「さて、明日はここから移動するから、食べ終わったらすぐに寝ような」

「ホー」

今日はこのままキャンピングカー内で一夜を明かし、明日はカーナビに従って村へ移動する。

この世界にはどんな人がいるのか、言葉は伝わるのかなどの不安は多いけれど、このまま異世界で一人――いや、一人と一匹だけで生き延びるのは不可能だろうから、どこかで人に会わなければならない。

それにしても異世界かあ……

ようやく長年の夢だったキャンピングカーを購入できたと思ったら、まさかの異世界だからな。まあ、キャンピングカーも一緒だったのは不幸中の幸いだ。

……だけどよく考えてみると、あのままブラック企業で働き続ける未来よりも、ある意味ではこっちの方が良かったんじゃないか？

お金が貯まったら仕事を早く辞めて、このキャンピングカーで日本一周をしてみたいと思っていたけれど、それが異世界に変わっただけだ。元々キャンプをしたり旅をしたりするのが好きだし、ファンタジーな漫画や小説のように、異世界を見て回っておいしいものを食べたいという気持ちもかなりある。

両親や友人のことだけは少し気掛かりだけれど、異世界へ来てしまって元の世界に戻れるアテもないわけだし、せっかくならこの異世界をキャンピングカーと一緒に旅してみたい。

悲観していても仕方がないし、そう考えた方が精神的にも楽だ。

また、まだ全部把握していないけれど、このキャンピングカーには旅を快適にするための機能がいろいろと備わっているみたいだし、フー太という旅の仲間もできた。それにワクワクしている自分がいる。

そうだな、何事もポジティブに行こうじゃないか！

# 第二章　行き倒れのエルフ

次の日、昨晩は何事もポジティブに考えていこうと決めたところ、一瞬で眠れた。

我ながら単純である。

「うう～ん、うわっ⁉」

そして、目を開けると、そこには大きな白い塊《かたまり》があり、俺はベッドから飛び起きた。

「ホー？」

「びっ、びっくりした！　お前はフー太なのか？」

「ホー！」

コクリと頷くフー太。

どうやら、この二メートルくらいに大きくなった白い毛玉の生物はフー太だったようだ。

確かに、少し離れて見てみると、その姿はフー太であることがわかる。

「……触ってもいいか？」

「ホー！」

頷くフー太にゆっくりと近付いて、右手でフー太の体に触れる。すると柔らかくふわふわとした羽毛に右手が飲み込まれた。

なんという柔らかさだ！　羽毛布団とかの柔らかさの比ではない！

今度は両腕を広げて抱き着いてみる。もふもふとした柔らかな抱き心地に加え、フー太の体のぬくもりが伝わってきた……ここは天国かな？

あまりの抱き心地に、一瞬でまた夢の世界へ入り込むところだった！

「……そうだ、今日はやらなきゃいけないことがいろいろとあるんだった。フー太、元のサイズに戻ることもできるのか？」

「ホー！」

再びフー太が頷くと、みるみるうちに小さくなって、昨日と同じ五十センチメートルほどの大きさに縮んだ。

「そんなことができるとは……」

どうやらフー太は自分の体のサイズを変えることができるらしい。いや、もうこれは完全に異世界じゃん……

「ホー？」

「いや、驚いただけだから大丈夫だ。そんなことができるなんてすごいな、フー太……ってあれ、翼の傷も治っているのか!?」

「ホー！」

昨日怪我を治療して緩めに巻いていたはずの包帯が取れており、怪我をしていたはずの右の翼の傷口が綺麗《きれい》に塞《ふさ》がっていた。

普通の動物の回復力とはまったく違うな。焼いた肉をおいしそうに食べていたし、フー太は元の世界のフクロウとはやはりだいぶ異なるようだ。

……異世界転移だったり、ゴブリンだったり、フー太が大きくなったり、これ以降はもう何が起きても驚かんぞ。

「とりあえず、寝ている間にゴブリンかなんかに襲われた様子はないみたいだな。それにしてもこんな状況で寝られるとは、我ながらだいぶ図太いみたいだ」

キャンピングカーの周囲に何もいないことを確認してから、外へ出てみた。

今日はちゃんと昨日眠った時と同じ、森を流れる川の隣にいた。

そして、昨日のゴブリンに殴られてできたと思われるキャンピングカーの凹み以外は、他に大きな傷はない。昨日の夜は何かに襲撃された様子はなくてほっとした。

それにしても、突然異世界へやってきたというのに、その当日もぐっすりと寝られるとは、我ながら、考えれば考えるほど肝が据わっていると思う。

さて、まずは昨日拡張したキャンピングカーの機能がどうなっているか確認してみよう。

「おお、ちゃんと補給されているぞ」

運転席へ行き、キャンピングカーの燃料メーターを見ると、昨日、一昨日と走って少し消費していたはずの燃料が満タンになっていた。

これは昨日新たに1ポイントを使用して拡張した『燃料補給機能』のおかげだ。当然だが、この異世界では燃料なんて手に入れることができないだろう。間違いなく必須の拡張機能である。

「同じく水のタンクも満タンになっているな」

そして同様に1ポイントで拡張した『水補給機能』により、キャンピングカーに積まれている水タンクも満タンになっていた。

飲み水については、川の水などから補給できるかもしれないけれど、補給には手間も掛かるし、川の水を煮沸《しゃふつ》するのが面倒で、何より体に合わないものが入っていてもおかしくない。

この森にあった川の水はとても澄み切っていて透明だが、一見安全そうに見えても微生物《びせいぶつ》や細菌《さいきん》などが含まれており、大量に飲むとお腹を壊す可能性もある。医療技術がどうなっているかわからないこの世界では、安全に飲める水の確保はとても重要だ。

「あとは補給されるタイミングを知りたいところだな。ほんの少しずつ補給されているのか、時間ごとに一気に補給されるのかも知っておきたい」

昨日は寝る前にメーターを確認してみたけれど、動きはなかった。そうなると夜中に補給されていた可能性が高いが、何時に補給されたかまでは把握できていない。

今日は定期的にメーターをチェックして、どのタイミングで補給されているかを確認していくとしよう。

「ホ～……」

「ああ、ごめんなフー太。すぐに朝ご飯にしよう」

フー太がしょんぼりした様子で俺を待っていた。俺もいろいろと確認をしていたらお腹がすいてきた。

昨日の食事は少なめにしていたから、お腹がすいている。食料の確保についても早くなんとかしたいところだ。

拡張機能には食料を得られるようなものはなかった。どうやら食料は自分で確保しなければならないらしい。

「ホー♪」

「おっ、旨いか。これはホットサンドというんだ。いろんな味があるからな」

今日の朝食はホットサンドだ。ホットサンドとは、食パンに具材を挟んで両面を焼いた料理である。最近ではホットサンドメーカーといって、二枚のフライパンを重ねて簡単に作れるキャンプギアも販売されている。

パンに具材を挟んで焼くだけなので、とても簡単に作ることができ、具材を変えることにより様々な味が楽しめるようになっている。今回は定番のハムとチーズ、スクランブルエッグにケチャップを掛けたもの、イチゴのジャムを入れたものの三種類を作った。

それに合わせてサラダと牛乳を用意してある。フー太はホットサンドやサラダを食べ、お椀《わん》に入れた牛乳を器用に飲んでいた。

「俺はハムとチーズが好きなんだよな。ザックリと焼けたパンにハムと溶けたチーズがたまらないんだよ。フー太はどれが好きだ？」

「ホー！」

どうやらフー太はイチゴのジャムのホットサンドが好きなようだ。普通のジャムも旨いのだが、温かいジャムもこれまた旨いのである。

「さあ、朝ご飯を食べ終わったら、近くにある村を目指してみよう」

朝食を食べ終わって、いろいろと準備をしてからキャンピングカーで出発する。目指すは近くにある村だ。

「ホー！　ホー！」

「はは、すごいだろ。フー太が空を飛べるのもすごいけれど、このキャンピングカーはこれくらいのスピードで走れるんだ」

小さな村よりも街の方がいいのかとも思ったのだが、いったん村で街の情報を集めてからにすることにした。街へ入るためにお金が必要な可能性もあるし、この世界の文明レベルやどんな住人がいるかを予め確かめておきたい。

フー太は俺の隣の助手席にちょこんと座っており、しっかりとシートベルトをお腹の部分だけ付けている。

そもそも道が悪くてスピードを出せないとはいえ、障害物などは多いから、俺が急ブレーキを掛ける可能性もあるからな。

「おっと、たぶんこれは道だな。こっちの方へ行ってみよう」

「ホー」

目的地の村に向けてしばらく走っていると、カーナビの画面に道のようなものが見えた。そちらの方向へ少し進むと、そこには地面を踏み固めて作られた道のようなものが見えてきた。

「ふむふむ。カーナビによると、こっちの道を右に進んでいくと目的地の村で、左に進むと街へ通じているらしいな。予定通り右の村に進むか」

カーナビを操作して付近の道を確認すると、どうやらこの道は今から行く村と街をつないでいるらしい。予定通り右に進んで村へと向かっていった。

道のりは今のところ順調で、今朝の野営地から百五十キロほど走り続けてきた。さて、少し遅くなってしまったけれど、そろそろ走るのをやめて昼食にするかな。

「ホー!!」

「んっ、どうした？　うわっ!?」

順調に道を走っていたところ、フー太が突然声を上げ、道の先を見ると突然人影が現れた。すぐにブレーキを掛けて急停車する。

バキンッ！

「うおっ!?」

そして、その人影から何かが放たれたと思ったら、キャンピングカーのフロントガラスへ衝突して弾かれた。

「び、びっくりした！　これはナイフか？」

フロントガラスに衝突した物体がキャンピングカーの前に落ちている。どうやら金属製のナイフのようだ。元の世界のように綺麗な形ではなく、少し歪《いびつ》な手作業で作ったような形である。

「危なかった。フロントガラスが割れていたら大変なことになっていたぞ」

キャンピングカーの拡張機能である、『車体強化機能』を昨日の夜に2ポイントで取っておいて正解だったぜ。

危険の多そうなこの世界では、まずは身の回りの安全が求められた。昨日のゴブリンみたいな敵も出てくるかもしれないし、何かに衝突してしまう可能性もあるからな。

それと、本音を言うと自動修復機能も取りたかった。走行には問題ないとはいえ、新車であるキャンピングカーが凹んでいる姿を見るのはきつい……

「フー太、ありがとうな」

「ホー♪」

フー太が気付かなかったら、スピードを落とさずに今の投擲《とうてき》されたナイフに驚いて、急ハンドルを切って横転していた可能性もあった。どうやらフー太の目は俺よりも良いようだな。

そして拡張された車体強化機能のおかげでフロントガラスは傷一つ付いていない。確かフロントガラスは割れても貫通しにくい仕組みのはず……ガラス自体が割れていないということは、しっかりとキャンピングカーの車体が強化されているようだ。

「き、貴様らは何者だ！　魔物なのか！」

「ちょ、ちょっと待って！」

するとキャンピングカーの前に一人の女性がゆっくりと近付いてきた。

一人の女性——言葉にすればその通りだが、彼女の後ろで一つにまとめられた長い髪は、元の世界では見たことがない美しく輝く白銀色だ。

そして何より、彼女の両耳は長くて先が尖っていた。

透き通った宝石のような髪と同じ白銀色の眼、整った顔立ちをした十代後半から二十代前半の若い女性、彼女の容姿はファンタジーの中でしか見たことがないエルフのそれだった。

「こっ、言葉が通じるのか⁉　大きな魔物の中に人が入っているだと……」

白銀色の髪のエルフは驚いた表情を浮かべつつも、先ほどのナイフよりも断然大きなロングソードをこちらに向けて敵意を示している。

そうか、こんな高速で移動する巨大なキャンピングカーは、こちらの世界の人からすれば、大きな魔物に見えるのか。

そりゃ、こんなのが自分の方に向かってきたら、ナイフを投擲して攻撃するのも当然か。

そして、彼女の言葉は普通に日本語として理解できている。キャンピングカーの拡張機能の中に異世界言語などの機能はなかったので心配していたけれど、どうやら言葉が通じるようでほっとした。

こちらには敵意がないことを証明するため、俺は両手を上げて必死にアピールをする。こちらとしては、無駄な争いは避けたい。

「ホー！」

「何っ、森の守り神である森フクロウ様だと！」

おお、どうやらこのエルフの女性はフー太のことを知っているらしい。体のサイズを変えられるようだし、この世界のフクロウがということではなく、フー太が特別な種族だったようだ。

だけど、そのおかげでどうにかこの場を収められそうな――

「貴様、森フクロウ様をどうするつもりだ！」

「いや、どうもしないよ！　家族もいないらしいから、一緒に旅をしているところだって！」

「とぼけるな！　ならば、なぜ森フクロウ様を拘束《こうそく》しているのだ！　やはり貴様は森の密猟者《みつりょうしゃ》だな！」

「ちょっ、誤解だって！」

いや、拘束しているって、これはシートベルトだからね⁉

外そうと思えばすぐに外せるからな！

「問答無用《もんどうむよう》、覚悟！」

「うわっ⁉」

目の前にいるエルフの女性が両手でロングソードを持って、さらにこちらへ近付いてきた。

くそっ、キャンピングカーのギアをバックに準備しておくべきだった！

あんな大きな剣が相手では車体強化機能があっても駄目かもしれない。こうなったら、こちらも前に急発進して向こうが逃げるのを期待するしかない！

「うっ……」

「え⁉」

こちらがアクセルを踏んで急発進しようとしたところ、エルフの女性が突然倒れた。慌ててアクセルから足を離す。

彼女はそのまま一向に起き上がってこない。倒れた際に手放した彼女のロングソードがキャンピングカーの前に転がっている。

いったい何が起きたんだ？

「……とりあえず、ここから逃げるか」

「ホー？」

フー太が首を傾げている。

うん、俺も正直に言うと何が起こったのかわからないが、向こうは俺を密猟者だと誤解しているようだったし、何かの罠《わな》かもしれない。ここは今のうちに逃げよう。

ぎゅるるるるるる～。

「お……お腹が……」

「………………」

ギアをバックに入れて来た道を引き返そうとしたその時、倒れていたエルフの女性からものすごい腹の虫の音が聞こえてきた。窓を少し開けているとはいえ、フロントガラス越しに聞こえてくるとは、かなり大きな音だ。

どうしたらいいんだよ、これ……

「おい、落ち着いて話を聞けよ。この森フクロウは、森で怪我をしていたところを治療してあげたら懐かれたんだ。ほら、拘束していないのに逃げ出さないだろ」

「ホー！」

このまま放置して逃げようとも考えたが、このエルフの女性を放っておくわけにもいかず、助けることにした。

というのもカーナビによると、まだ村までは距離があり、この女性は武器以外に何も持っていないため、このままにしておけば死ぬことはほぼ間違いないからだ。

こちらに剣を向けてきたとはいえ、どう見ても勘違いのようだし、死にそうな人を見捨てるのはさすがに気分が悪い。

もちろん彼女が盗賊《とうぞく》で、お腹をすかせて倒れたのは演技という可能性もあるため、最大限の警戒はしている。彼女が手放したロングソードは回収してあるから、大丈夫だとは思うが。

……あと、腹の虫の音までは演技ではできないだろうという推察もあった。

「うう……」

返事がないし、顔も伏せたままだ。もしかしたら、本当に危険な状態なのかもしれない。

「ほら、水とお粥《かゆ》だ。まずはゆっくりとこれを食え」

エルフの女性の少し手前に水とお椀に入れたお粥を置いて距離を取る。さすがに相手に食べさせてあげるようなことはせずに、自分で食べるのを待った。

幸いなことに、このキャンピングカーには何かあった時のために非常食を積んである。その中にレトルトのお粥があった。まさかこんなにすぐに使うことになるとは思わなかったけれどな。

確か極限の飢餓状態《きがじょうたい》で普通の食事を取ると体に悪いというのを聞いたことがある。まずは温めた消化の良いお粥を食べてから栄養のある食事を取らせてあげた方がいい。

「水……食べ物……」

エルフの女性が目の前に置かれた水とお粥に気付いたようで、ゾンビのように前へ這いずっている。

極限の空腹状態でナイフを投擲したり、あんなに大きなロングソードを構えたりしたから、一気に体力を消耗《しょうもう》したのかもしれない。

そしてゆっくりとだが、水を口に含み、お粥を食べていった。

「……」

「この度は本当に失礼しました！」

俺の目の前には、それはそれは綺麗な土下座《どげざ》を惜しげもなく披露している白銀色の髪をしたエルフさんがいた。

差し出した水とお粥を食べた後、追加でオレンジジュースとレトルトのお粥に卵を加えたものをペロリと平らげたエルフさん。フー太が自由に飛び回っているのを見て、ようやく俺が密猟者ではないことをわかってくれたようだ。

というか、なんで異世界に土下座の文化があるんだよ……

「とりあえず、まずは顔を上げてくれ。あまり女性がそういうことをしているのは見たくないんだ」

「わ、わかりました」

そう言いながら顔を上げるエルフの女性。こちらの世界だと、リアルに土の上での土下座になるから見ていて気持ちの良いものじゃない。

……それにしても、この白銀色の髪をしたエルフさんは本当に綺麗だ。やはりエルフという種族は美形のチート種族なのだろうか。

「私はジーナです。あなた方のおかげで命拾いをしました。本当にありがとうございます！」

「俺は……シゲトだ。こっちの森フクロウはフー太と呼んでいる」

「ホー♪」

どうやら異世界だと苗字なんかは持たないようだ。俺も変に思われないよう、この世界ではシゲトと名乗ることにしておこう。

「シゲト殿にフー太様ですか。水と食料をありがとうございました」

「……ああ、どういたしまして」

フー太だけは様付けなんだな。とりあえず彼女はこちらの世界で初めて会った人物だ。いろいろと情報を聞いておきたい。

「それで、ジーナさんはどうして水や食料を持たずにあんなところへいたんだ？」

「私のことは呼び捨てで大丈夫です。実は数日前に森で狩りをしていたところ、道に迷ってしまいました。そして魔物と戦闘になり、運悪く荷物を失ってしまいました。なんとか森の外に出て村までの道を見つけることができたのですが、そこに得体の知れない魔物が高速で近付いてきたので、とっさにナイフを投げてしまい……本当に申し訳ありません！」

「なるほど、そういう事情だったのか。確かにいきなりあんなのが目の前に出てきたら驚くよな。それにお腹がすいて冷静な判断もできていなかったのかもな。とりあえずジーナの事情はわかったよ。こちらに攻撃してきたことはもう気にしなくていい」

どうやらこのジーナというエルフさんは、俺がこれから行こうとしていた村の住人らしい。

森で狩りをしていたら、道に迷って数日間を森の中で過ごしたようだ。人は飢餓状態になるとまともな判断ができないと聞いている。

そんな中でキャンピングカーが突然目の前に現れたら、いきなり攻撃を仕掛けてくる気持ちもわかる。もしかしたら食べることができる魔物かもしれないしな。

「それで、その……この見たことがない巨大な魔物はシゲト殿が召喚した魔物なのでしょうか？」

ジーナの視線の先にはキャンピングカーがある。さて、こいつをどう説明すればいいものか。

「……ああ、その通りだよ。これは俺が召喚したキャンピングカーという魔物なんだ！」

「や、やはりそうでしたか！」

信じてくれた。

とりあえずそういうことにしておこう。少なくとも今出会ったばかりの人に、別の世界から来たことやキャンピングカーの能力のことを話すつもりはない。まあ、フー太は普通のフクロウだと思っていたからノーカンだな。

「その証拠に……ほら、これでどうだ！」

「きっ、消えた!?　す、すごい！　これが召喚魔法なのですね、初めて見ました！」

俺がキャンピングカーに手を触れると、キャンピングカーの車体が一瞬で消えた。

これは2ポイントで拡張した『車体収納機能』である。朝出発をする前にいろいろと試してみたのだが、この機能は予想通りキャンピングカーを収納できる機能だった。

異世界の村や街へ行く時にこんなに大きな車体があると目立つからな。いや、目立つどころかそもそも村や街に入れない可能性が高いから、これも必須の機能と言えるだろう。

俺がキャンピングカーに触れている最中に『収納』と念じると、キャンピングカーを自在に収納できる機能らしい。

ただし、キャンピングカーを出す際には何もない空間にしか出せず、地面にタイヤが付いた状態でしか出すことができない。

空中にキャンピングカーを出して、下にいる魔物を攻撃するなんてことはできないようだ。

さすがに俺やフー太が車内にいる間に収納ができるかは試していない。その場合に収納された俺やフー太がどうなるかがわからなくて怖いからな。

これで使用したポイントはナビゲーション、燃料補給、水補給がそれぞれ1ポイント、車体強化と車体収納が2ポイントずつで合計7ポイントになった。

残りの3ポイントは緊急時に使う予定だ。

「あれほどの召喚魔法を使えるなんて、シゲト殿はさぞ名のある魔法使いなのですね！」

ジーナが尊敬《そんけい》の眼差しで俺を見てくる。

本当は魔法使いというわけではないんだけれどね。というか、この世界には魔法があるのか。

「いや、この魔法しか使えないから、そんなに大した者じゃないよ。ジーナは何か魔法を使えたりするの？」

「はい、シゲト殿には遠く及びませんが、風魔法を使うことができます。こんな感じで風を集めて攻撃魔法として放つことができます」

ジーナが右手を前に出すと、周囲の風がそこに集まり、俺の目でも見えるくらいの渦となっていった。

「おお、すごい！」

「ホー！」

これには俺もフー太もとても驚いている。どうやらこの世界に魔法があるというのは本当のようだ。フー太が体のサイズを変えられるのも、もしかしたら魔法なのかもしれない。

「うっ……」

「ちょっ!?　大丈夫？」

ジーナが突然片膝をついた。いったいどうしたんだ？

ぎゅるるるるる～。

「す、すみません。魔法を使うと少しお腹が減るのです……」

「……なるほどな」

それならやらなくてもいいのに……

道に迷ったり、空腹状態で魔法を使ったりと、このエルフさんはどこか抜けている気もする。少なくとも、必要以上に警戒する必要はなさそうだな。

「顔色もいいし多少は体調もよくなってきたみたいだし、もう少しまともな食事を取ってもよさそうだな。ちょっと待っていてくれ」

「い、いえ！　先ほどはおいしい料理をいただきましたし、これ以上食事をいただくわけには……」

ぎゅるるるるるる～。

「「…………………」」

再びジーナのお腹の虫の音が盛大に鳴った。彼女のお腹は正直だ。

「はうう……」

顔を真っ赤にして、お腹を押さえながら恥ずかしがっているジーナ。

その様子は年相応の可愛らしい女の子だ。なんだか少し抜けているけれど、憎めない子だな。

「こういう時はあまり遠慮《えんりょ》するもんじゃないぞ。俺達もちょうど昼ご飯を食べるところだから、あまり気にするな」

「……はい、それではお言葉に甘えさせてもらいます」

「さてと、何を作ってあげようかな」

「ホー」

改めてキャンピングカーを出して、フー太と一緒にキャンピングカーの中へ入る。大丈夫だとは思うが、一応ジーナにはキャンピングカーの外で待ってもらっている。

「よし、野菜が取れて体も温まるアレにするか」

そしてキャンピングカー内で調理をして、外にアウトドアチェアとテーブルをセットする。アウトドアチェアはキャンピングカーを購入した際に三つほど余分に買っておいた。

……ぼっちにそんなにアウトドアチェアが必要か、という疑問は置いておけ！　俺だって元の世界で一緒にキャンプをする友人くらいはいたぞ！　まあ数人だけれど……

「お待たせ。ジーナもフー太もゆっくりと食べるんだぞ。それとこれは俺の故郷《こきょう》の料理だから、口に合わなかったら無理はしないで遠慮なく言ってくれ」

「とても良い香りですね！」

「ホー♪」

俺が作った料理はコンソメスープパスタだ。

作り方は実に簡単。沸騰《ふっとう》したお湯に塩を入れてパスタを茹《ゆ》でる。その間に別の鍋で野菜やキノコなどを茹でておき、そこにハムとコンソメを投入。

パスタが茹で終わったら、それを鍋に入れてもうひと煮立ちさせて、塩とアウトドアスパイスで味を付けたら完成だ。アウトドアスパイスはこんなものにまで使えるから優秀だよな。

簡単に作れるうえに栄養も取れて体も温まるという、まさに今欲しい料理だ。ハムをベーコンに代えても旨いのだが、今回はホットサンド用のハムしか購入していなかった。

多少食材は使ってしまったが、ジーナからこの世界の情報を得られるのなら安いものだ。うまくいけば村で野菜なんかを購入できるかもしれない。

「んん！　スープに入った長くてモチモチとしたものが、スープと一緒に口の中で合わさってとてもおいしいです！」

「これはパスタっていう麺料理なんだけれど、麺は食べたことがないの？」

「はい！　私は初めて食べました！　それにこのスープがとても濃い味でおいしいです。複雑な味と香りをしていて……もしかして塩だけではなくて香辛料などが使われているのではないでしょうか⁉」

「ああ、塩と一緒にコンソメという調味料とアウトドアスパイスという香辛料が入っているよ」

「そ、そんな高価なものを……本当にありがとうございます！」

……ジーナの様子を見ると、この世界の食文化はそれほど豊かではないように思えるな。

味が濃いと言っていたが、ジーナの体調を考えて、味付けは少し薄くしている。この世界では塩以外の調味料や香辛料が手に入りにくいのかもしれない。

「ホー♪　ホホー♪」

フー太も器用にパスタをちゅるちゅると食べている。フー太を見ているとこちらまで癒《いや》されるなあ。ジーナも微笑ましい様子でフー太を見ている。

「本当にご馳走さまでした、シゲト殿。このご恩は決して忘れません！」

俺達はコンソメスープパスタを綺麗に平らげて一息ついた。そのままキャンピングカーの横に設置したテーブルとアウトドアチェアでジーナの話を聞く。

「これだけおいしそうに食べてくれれば、俺の方も作った甲斐《かい》があるよ。そうそう、俺のことは呼び捨てで呼んでくれていいからな」

殿なんて付けられると、なんだかむずがゆい。異世界ものの漫画や小説では名前を呼び捨てで呼ぶのが普通だったし、ジーナにもそうしてもらおう。

「わかりました。本当にありがとうございました、シゲト」

「…………」

自分で言っておいてなんだが、若干――いや、かなり恥ずかしい。綺麗な女性に苗字ならともかく名前呼びされた経験なんて、彼女がいなかった俺には小学生以来のことだ。

いかん、いかん。あまり意識しないことにしよう。

「それでジーナ。さっきも言ったけれど、俺はかなり遠くの国からやってきたんだ。いろいろとこの国のことや魔法のことなんかを教えてほしい」

「はい、私が知っていることなら喜んで。シゲトは遠くの国から来たのですね。なるほど、それでこちらのテーブルやイスなどは見たことのない構造となっているのですね」

そう言いながら、キャンプギアのテーブルやアウトドアチェアを不思議そうに眺めるジーナ。やはりこれらのキャンプギアはジーナからすると珍しい物のようだ。

さて、まずは何から聞いてみようか。

「まずこの国はなんという名前なのか教えてほしい。それと、日本やアメリカという国を聞いたことがあるかな？」

「この国の名前はコーデオ国と言います。ニホン……アメリカ……すみません、そちらの国の名前は聞いたことがありません」

コーデオ国か……

当然俺もそんな名前の国は聞いたことがないし、日本はともかくアメリカを知らないとなると、やはりここは元いた世界とは異なる世界なのだろう。

「このコーデオ国はどんな国なんだ？　他国と戦争なんかはしていないよな？」

「はい。コーデオ国はそれほど大きな国ではありませんが、争いもなく平和な国ですよ。自然が豊かで有名な観光地なども多く、おいしい食材が取れる国としても有名です」

「なるほど」

それはありがたい情報だ！

さすがに他国と戦争中の国を、ふらふらとキャンピングカーで移動するのは非常に危険だもんな。それに自然が多く、おいしい食材が取れる国ならば、この国を楽しく回ることができる。

幸い俺が苦労して購入した夢のキャンピングカーは一緒だし、よくわからないがキャンピングカーの機能まで拡張できるようになっている。元の世界に帰る情報を集めながら、ついでにこの国での旅を楽しむとしよう。

まあ、それについては今考える問題じゃないか。とりあえず今は今後の生活基盤を整えていくことが大事だ。

「それじゃあ、次はフー太について聞きたいな。ジーナ達にとって森フクロウはどういう存在なのかな？」

「ホー？」

つぶらな黒い瞳をぱちくりさせながら首を傾げるフー太。相も変わらず可愛らしい。

「私達の村やこの辺りでは森の遣《つか》いとして崇《あが》める対象となっております。また、森フクロウ様は畑を荒らす害獣などを捕まえてくれるため、普段より感謝を捧げております」

「おお、森フクロウはすごいんだな！」

「ホー？」

確か元の世界でもフクロウは畑を荒らすネズミなんかを食べてくれる益鳥《えきちょう》とされていた。

よくわからないという顔をしているフー太。というよりも、これはもしかして……

「フー太、ジーナの話している言葉はわかるのか？」

「ホー……」

首を横に振るフー太。どうやら俺の言葉は理解できるようだが、ジーナの言葉は理解できていないらしい。これについては俺が別の世界から来たことと関係があるのかもしれない。

「なっ!?　シゲトはフー太様と話ができるのですか！」

「いや、フー太は俺の言葉を理解できるけれど、俺はフー太の言葉を理解できていないんだ」

「そ、それでもフー太様に言葉を伝えられるのはとてもすばらしいです！　先ほどの魔物を自在に召喚できる魔法といい、シゲトは本当にすばらしい魔法使いなのですね！」

「……まぁな」

そういうわけじゃないんだけれど、説明が面倒だからそういうことにしておくか。

「そう言えば、森フクロウが体の大きさを変えられるのはやっぱり魔法なの？」

「いいえ。森フクロウ様が体の大きさを変えられるのは元々持っているお力です。このようなお力を持っているのは本当に数少ない種族だけなのです」

「ホー？」

「なるほど」

まあ、自分の体を何倍にも大きくする魔法がそう簡単に使えたら、この世界が大変なことになりそうだもんな。

その後もジーナからこの世界のいろいろな情報を聞くことができた。

「……もしよろしければ、私が住んでいる村にいらっしゃいませんか？」

「えっ、いいのか？」

「はい。ご迷惑をおかけした上に、命まで救っていただいたご恩をぜひとも返させてください！」

「……俺みたいな怪しい魔法使いが村に入っても大丈夫なのか？」

「ええ、もちろんです！　それに森フクロウ様に懐かれる方でしたら、信用ができます！」

「ホー？」

どうやらジーナ達の村ではよほど森フクロウを神聖視しているらしい。フー太のおかげで、無事に村へ入ることができそうだ。やはり良いことをしておくと、自分に返ってくるものなんだな。

「ああ、それならぜひお願いするよ。できれば食料なんかを少し分けてくれると助かるな」

「はい、野菜などでよろしければ、最近収穫したばかりなので山ほどありますよ」

「それは助かるよ」

予定とは違ったが、どうやら無事に村へ入ることができそうだ。


「ふう……」

「もうすぐ日が暮れますから、今日はこの辺りにしておきましょう。明日の朝に出れば、昼までには村へ到着できると思います」

「ああ、了解だ」

「ホー！」

ジーナと出会ってから一緒に歩いて村を目指した。キャンピングカーにジーナを乗せて村まで進むことも考えたのだが、ジーナはあまり乗り気ではなかった。

まあ、キャンピングカーを魔物だと思っているジーナからしたら、魔物の腹の中に自ら入るのはなかなか覚悟がいることだろう。俺としても、出会ったばかりのジーナをキャンピングカーの中に入れるのは少し躊躇《ためら》われた。

……まあ、この子に騙されるようなら、それまでだとも思うけれどな。

「それじゃあ、日が暮れる前に何か作ろう。ジーナは燃えそうな木の枝なんかを集めてきてくれないか？」

「はい、承知しました」

日が暮れてからの行動は非常に危険だ。特にここは異世界だからな。舗装《ほそう》された道路もなくて視界も悪いし、野生の魔物が生息する中で夜の行動は控えた方がいい。

「さて、夜ご飯は何を作るかな」

「ホー！」

キャンピングカーを出して、冷蔵庫の中を見る。野菜や肉などの食材は残り少なくなってきた。ジーナやフー太の分も食材を使っているから、当然と言えば当然だ。

カーナビを見てみると、確かにジーナが言っていた村までもう少しだ。この分だと明日には村に到着するし、残っている野菜や卵や肉なんかはすべて使い切るとするか。

「よし、ちょっと卵が多くて肉が少なめだけれど、仕方がないか。おお〜い、できたぞ」

卵は残りを家で使うつもりで一パック購入していたから助かった。肉は残っていた豚のコマ肉をすべて使い切ったけれど、それでも少なめになってしまった。

「ホー♪」

「おいしそうな良い香りですね！　また私の分まで作っていただいて、本当にありがとうございます」

「そこまで大したものじゃないから気にしないでくれ。まだ体調が万全じゃないかもしれないんだから、ゆっくり食べるんだぞ」

お昼と同様に、キャンピングカーの外にテーブルとアウトドアチェアをセットして席に着く。

「晩ご飯は卵とじ丼だ。卵は完全に火が通っていないけれど、とても新鮮で安全な卵だから安心して食べてくれ。難しいようなら他のご飯を用意するぞ」

「いえ。村では鶏《にわとり》を育てていて、産みたての卵を食べたりするので大丈夫です」

「ホー♪」

どうやらジーナの村では鶏を育てているらしい。確かに産んだばかりの卵なら比較的安全に食べられるかもしれない。

「……っ!?　初めて食べる味です！　甘くて少ししょっぱくて、下にある白い穀物《こくもつ》とよく合っていておいしいです！」

「ホー、ホー♪」

肉とタマネギを炒めた後にめんつゆを加えた溶き卵を投入して、完全に固まる前にご飯の上へ載せたお手軽丼だ。カツ丼や親子丼のようなものを想像してくれればいい。たいていはこうやって卵でとじればおいしく食べられるのである。

それに、めんつゆを使えば醤油やみりんや出汁《だし》を使ってつゆを作らずとも、おいしい味付けが可能となる。実はめんつゆってかなりの万能調味料なんだよね。

ちなみに普通の米もあるけれど、一から炊くのは手間なので今回は非常用のパックのものを使用した。

レンジやケトルなどの家電が普通に使えるのがキャンピングカーのいいところだよなあ。

「ちょっと肉は少なめだけれど、なかなかいけるな。ジーナはこの白い穀物、米というものを見たことはあるか？」

「いいえ、初めて見ました。柔らかくて少し甘くておいしいです」

「この辺りじゃ食わないのか。米だけじゃそれほど味はないんだけれど、味の濃いものと一緒に食べるとよく合うんだ。俺の国だとこの米が主食になっているんだよ」

「シゲトの国にはとてもおいしいものがあるのですね」

「ホー！」

フー太の方も器用に食べているが、やはりご飯は少し食べにくいようだ。くちばしの周りにあちこちご飯粒がくっついている。そんな姿も可愛らしいけれどな。

あとで取ってあげるとしよう。


食べ終えた後はすぐに片付け、あとは寝るだけである。

「……さて、問題はどう寝るかだな」

「私は外で寝るので、シゲトは気にしないでください」

「…………」

一応このキャンピングカーには四、五人が寝られるくらいのスペースはある。

しかし、今日出会ったばかりのジーナと一緒にキャンピングカーの中で寝るというのは少し躊躇われる。

……というか、フー太がいるとはいえ、こんな綺麗な女性と一つ屋根の下ならぬ、一つキャンピングカーの中で寝るというのは、年齢イコール彼女いない歴の俺には難しい。

かといって、外にジーナ一人をほっぽり出すのも男としてどうかと思う。

「ジーナさえよければ、キャンピングカーの中で寝るか？　中は結構広いから、離れた場所で寝られるぞ」

「いえ、気にしないでください！　……正直に言うと、魔物のお腹の中で眠るのは少し怖いです。も、もちろんシゲトやフー太様と一緒に寝るのが嫌というわけではないですよ！」

「……そうか、わかったよ。せめて寝具《しんぐ》はこっちのやつを使ってくれ。それと何かあったらすぐに起こしてくれよ」

「ありがとうございます」

結局ジーナだけキャンピングカーの外で寝ることになった。

基本的に寝る時はそのまま地べたに寝るというので、マットと寝袋を貸してあげる。テントも貸してあげようと思ったのだが、夜に魔物が襲撃してくる可能性もあるので、すぐに対応ができるようテントは不要なようだ。

どうやらこの世界ではテントを張ってのんびりキャンプをするというのが難しいらしい。う～ん、キャンプと野営はだいぶ違うようだな。

◆
◇
◆
◇
◆

「うう～ん、温かい……」

ゆっくりと目を開けると、目の前には白くてもふもふとして温かい感触をしたものがあった。

思わず抱きしめると、これまたもふもふしてとても気持ちがいい。このまま夢の世界にもう一度入ってしまいそうだ……

「……はっ！　そうだ、ジーナは大丈夫か？」

もう一度夢の世界に入りそうなところをなんとか我慢し、目を覚ました。横を見ると大きなサイズになったフー太がとても気持ちよさそうに眠っている。隣のベッドで寝ていたはずだが、またいつの間にか俺の布団の方に潜り込んでいたようだ。相変わらず眠っている姿もとても可愛らしいな。

カーテンを少しだけ開けると、すでに日が昇っていた。ジーナは外でまだ眠っているようだ。

「今のうちに朝食を作るか」


「シゲト、このパンはとってもおいしいです！　焼いたパンの外側はザックリとして、中からは温かい茹でた卵や甘い果実の味がします！　それにこっちの甘いスープも優しい味ですね！」

「ホーホー！」

「気に入ってくれたようでよかったよ」

今日の朝食は昨日と同じホットサンドとコーンスープだ。

ホットサンドは、残りの卵を茹でマヨネーズと塩コショウを加えてあえたものと、イチゴのジャムを挟んで焼いたものだ。これで多めに買っていた食パンもなくなった。

スープはインスタントのコーンスープを使った。こっちは電気ケトルで沸かしたお湯にコーンスープの素《もと》を入れただけだが、体が温まっておいしいんだよな。

「それに、昨日シゲトに借りた寝具はとても寝心地がよかったです。外なのに危うく完全に熟睡《じゅくすい》してしまうところでしたよ。本当にありがとうございました」

「俺の故郷だと寝やすさをかなり追求した寝具があるからね。よく寝られたのなら何よりだよ」

俺が持っているマットや寝袋などはそこまで高価なものじゃないけれど、それでもこの世界の寝具よりは柔らかくて寝心地がいいのだろう。

マットを地面に敷くだけでもだいぶ寝やすくなるものだ。

さあ、朝食を食べ終わったようだし、ジーナの村へ向けて出発するとしよう。

「……んん？　あれっ、これはどういうことだ？」

「ホー？」

朝食を食べた後に食器を片付け、ジーナの村へ歩いていくため、必要な荷物をリュックに詰めた。

そして最後に、ジーナの村までの道のりをカーナビで確認したところでおかしなことに気が付いた。

なんとなく★マークを押して、残りのポイント数を見てみると、なぜか4ポイントと表示されていた。

これまでに拡張した機能で消費したのは、合計7ポイントのはずだ。

元々が10ポイントあったので、残りは3ポイントだったはずなのだが、1ポイント増加している。

これはいったいどういうことだ？

「……考えられるのは走った距離、時間、あるいはフー太やジーナと出会ったからか？」

「ホーホー？」

「ああ、ごめん。よくわからないけれど、このキャンピングカーの機能をもっと増やせるっぽいんだ」

「ホー！」

「うん、それはとてもいいことなんだけれど、どうしてポイントが増えたのかは確認しておきたいところだな」

フー太が嬉しそうに両方の翼を広げて喜んでいる。確かにポイントが増えたことは非常に嬉しいが、どうして増えたのかは今後のためにも知っておきたい。

走った距離でレベルアップをすることから考えると、やはりキャンピングカーでの走行距離でポイントも貯まるのだろうか？　でもそうなると、レベルアップした時は何が起こるのだろう？

昨日キャンピングカーで百五十キロメートルほど走ったため、レベルアップまでの残りの距離は八百二十五キロメートルとなっていた。

ポイントが増えた要因もレベルアップについても、まだまだ検証が必要そうだな。

漫画や小説などで見た異世界ものでは、魔物なんかを倒してレベルアップしていくものが多いけれど、俺はこの世界に来てから魔物なんて倒していないからその線は薄いだろう。

まずはジーナの村で当面の食料を確保したら、いろいろ調べてみよう。

「シゲト、フー太様、村まではあと一時間くらいですよ」

水や携帯食や薪割り用のナタを入れたリュックを持ち、俺達はジーナの村までの道を歩いている。

どうやらもう少しで村へと到着するようだ。

「本当？　もうひと踏ん張りだな」

「ホー」

それにしても、もう少し運動はしておくべきだったな。

キャンピングカーを購入する前は、よく自転車で走ってキャンプ場まで行っていたから、結構体力はある方だと思っていたけれど、ジーナの方が体力に余裕がありそうだ。

「むっ！　シゲト、フー太様、退がってください！」

「うおっ、なんだこいつ⁉」

「ホー！」

ジーナの村まであとほんの少しというところで、道の先に大きなシカのような獣が現れた。

体長は三メートル近くあって元の世界のシカよりも大きく、茶色の毛並みに大きな角が二本ある。

その二本の角は非常に大きく先が尖っており、もしもあんなものに刺されでもしたら、大怪我をするに違いない。

「ジーナ、あれってやばくない？　逃げた方がいいんじゃ……」

「何を言っているのですか、シゲト！　あれはディアクという魔物で、強敵ですがとてもおいしいのですよ！　絶対に逃がしません！」

……ああ、そういう認識なのね。凶暴そうな魔物なのに食料としか見ていない件について。

「フーッ、フーッ！」

何やら興奮した様子でこちらを見ている。やばいな、野生の獣は普通に怖い……

急いでリュックから薪割り用のナタを取り出す。俺は戦えないが念のためだ。

「シゲト、フー太様、私が前に出て戦います！　二人は決して前に出ないでください！　絶対に私が守ります！」

「う、うん気を付けて！」

言われなくても前に出られる気がこれっぽっちもしない。女の子に守られるという状況だけれど、俺が前に出てもただのお荷物になってしまう。

ジーナが剣を抜いてディアクと対峙《たいじ》する。

「ゆくぞ！」

キンッ、キンッ！

「うおっ！」

ディアクの大きな角とジーナのロングソードが交差し、あまりの速度に火花が散る。よくあんな大きな質量のある魔物と当たって吹き飛ばないな。

「くっ、なかなか手強《てごわ》い！」

「ブフウウウ！」

ジーナとディアクが何度か打ち合うが、なかなか均衡《きんこう》が崩せない。ディアクという魔物もかなり強いようだ。

「……ならばこれでどうです、エアスラッシュ！」

ザシュッ！

「ブモオオオオ！」

ジーナがディアクの角を剣で弾いたところで左手を前に突き出すと、ディアクの胸から肩にかけて血が噴き出した。何をしたかよくわからなかったが、もしかしたらあれが風の魔法なのかもしれない。

「ブフ……ブモオオオオオ！」

「くっ、浅かったですか！」

「ちょっ!!」

傷を負ったディアクがなぜかジーナを無視して俺に突進してきた！　逃げるためなのか、弱い俺に狙いを変えたのかはわからないがこれはヤバい！

「シゲト、逃げて！」

「ホー！」

ディアクが猛スピードで突進してくる。ジーナがディアクのあとを追っているが、間に合うかわからない。

「フー太、俺から離れてくれ！」

「ホー！」

だがフー太は首を横に振って俺の肩から離れてはくれない。くそっ、こうなったらやるしかないぞ！

いくぞ、今の俺にできる奥義《おうぎ》、車体強化したキャンピングカーガードだ！

両手を目の前に出し、向かってくるディアクと俺の間に収納から取り出したキャンピングカーを出現させた。

ドゴオオオオオオン！

「ブフォォォ!!」

ものすごい衝撃音と共に、キャンピングカーの奥でディアクの苦悶《くもん》の鳴き声がする。

「ジーナ、今だ！」

「ありがとうございます、シゲト。これで終わりです！」

「ブモオオオオ！」

ザンッ！

ここからでは見えないけれど、どうやらキャンピングカーの車体の向こうで決着がついたようだ。

「うわあ……これまたベッコリといっているな……」

なんとか大型のシカのような魔物であるディアクを倒すことができたが、その代償は大きかった。

車体を強化されたキャンピングカーでも、あれほどの巨体の衝撃を完全に防ぐことはできず、キャンピングカーの側面がベッコリといってしまった。ゴブリンにやられた傷よりも遥かに大きい。

夢だった新車のキャンピングカーがこんな姿になるのは見たくなかった……

相棒よ、本当にすまん……

それに、あの巨体の突進を強化したキャンピングカーの車体が耐えられない可能性も十分にあったし、できるだけ使いたくなかったのだけれど、あれは最初にして最後の奥義である。

「シゲト、本当にすみません……私に任せておけと言っておきながらこの始末です……私にできることならなんでもします。どうか私に償わせてください！」

「いや、ジーナのおかげでこいつを倒すことができたんだから、気にしなくていいよ。それにこのキャンピングカーは自動で傷を直せるから大丈夫だ」

「そ、そうなのですね！」

以前ゴブリンに付けられた傷もあるし、走行を続けていれば見えないところでガタが来る可能性もあるから、どちらにせよ自動修復機能は必須だった。

なぜかポイントも増えていたし、そろそろ自動修復機能を取るとしよう。

……それにしても、年頃の若い女性がなんでもするなんて言うものじゃないぞ、まったく。

「……さて、こいつをどうするかな？」

「ホー」

「村まではまだ少しあるので、可能ならばここで解体をして、不要な素材は置いていきたいところです」

目の前には首を落とされた巨大なディアクの死骸《しがい》がある。今は木に吊るして血を抜いているところだ。

「ジーナは解体ができるんだね。俺は解体したことはないけれど、手伝うよ」

「ありがとうございます、とても助かります」

「ホー！」

フー太も右の翼を上げるが、残念だけれどフー太に手伝いはたぶん難しいだろうな。


「おお、こいつはおいしそうだ！」

「ホー♪」

「ディアクはとてもおいしい魔物ですからね。私の村でもめったに出ないご馳走なのですよ！」

俺達の目の前では、解体されたディアクのレバーやハツなどの内臓がジュージューと焼けている。おいしそうな肉の指の香りが漂ってきた。

無事にディアクの解体作業が終わり、今は解体したばかりのディアクの肉で昼食の用意ができたところだ。肉はともかく、内臓系はすぐに悪くなってしまうので、先に食べることとなった。

「うおっ、これは旨いな！　臭みなんてこれっぽっちもなくて、純粋な肉の旨みが口の中いっぱいに広がっていくぞ！　それに疲れていた体に力が湧いてくるよ！」

「ホーホー♪」

フー太も今までで一番喜んでいるように見える。

普通レバーと言えば臭みが強いものだと思っていたが、この新鮮なディアクのレバーから臭みはまったく感じられず、ギュッとした弾力がありつつもスッと噛み切れる食感だ。

ハツの方はクセが少なく淡白な味わいながら、弾力と歯ごたえがあって、噛めば噛むほど肉の味が口いっぱいに広がっていく。新鮮なホルモンというものはこれほどまでに旨いものなのか！

「……っ!?　これはとてもおいしいです！　この香辛料がディアクの肉のおいしさをさらに引き立てていますね！」

「うん、アウトドアスパイスを掛けるだけで十分においしい。これは肉自体が新鮮でとても旨いんだろうな。スーパーのおつとめ品の肉とはレベルが違いすぎるぞ」

「すーぱー、おつとめ品？」

「おっと、今のは忘れてくれ」

新鮮な内臓で、自分達が解体したという補正があるのかもしれないが、それにしても旨すぎるな。

「ホー！」

「そうだな、ちょっとだけれど野草《やそう》なんかがあるとさらにおいしくなるな」

フー太がくちばしで指しているように、この肉に添えたタンポポとシソもいい味を出している。

ジーナの村まで歩いている最中、道端に生えていた野草を摘《つ》んでおいた。今は野菜がないから、何かの足しになるかと思っていたのだが、早速役に立ってくれた。

どうやらこちらの世界にも、元の世界で生えていたのと同じ草や花などが生えているようだ。とはいえ、元の世界と違って毒があったりする可能性もあるから、味見は慎重にしたけれどな。

「ジーナもこの辺りの野草は覚えておいた方がいいよ。遭難《そうなん》したり、食料が尽きたりしても、森や草原には食べられる野草が結構あるから」

「耳が痛いです……」

実は、森にはかなりの種類の食べられる木の実やキノコ、山菜、野草などが存在する。

「とはいえ、毒のある野草も結構あるからね。下手をしたらお腹を壊して元よりも悪い状況になってしまう可能性もあるし、ちゃんとした知識は必要だ」

ヨモギとトリカブトの見分けがつきにくいというのは、元の世界では有名な話だ。別に俺も遭難したわけではないが、一時は野草図鑑《ずかん》とか見て覚えたもんな。有名なものだとタンポポやツクシ、シソやフキとかが食べられる野草だ。

今回はタンポポとシソがあったのでお昼に食べようと採っておいた。さすがに肉オンリーだと胃がもたれそうだからな。

アクが強い野草も多いから、本当は衣を付けて天ぷらにするのが一番旨い。今回は肉と一緒に炒めるだけだが、それでも多少はサッパリとしたはずだ。

うん、少量だけど、ないよりはマシだな。少なくとも肉だけよりはいいと思う。

「……さて、2ポイントで取ったこの『アイテムボックス機能』がはたしてどうなるのやら」

「ホー!」

遅い昼食を取って、キャンピングカーの新たな機能を拡張した。その名もアイテムボックス機能だ。

自動修復機能も必要だけれど、ディアクの突進でベッコリいってしまったのはキャンピングカーの側面だけだったし、数日間はジーナの村にお世話になるだろうからキャンピングカーは使わない予定だ。

何かあった時のために残りの2ポイントを残しておきたいところだが、早く相棒を直してあげたい気持ちもある……

悩んでいたところ、解体したディアクの肉を、ジーナと二人でに分けることとなった。お互いに譲り合った結果、きっかり半分ずつに分けることにしたのだ。

そうして解体されたディアクの肉は相当な量で、キャンピングカーに搭載されている冷蔵庫には半分も入らなかったので、キャンピングカーのアイテムボックス機能を優先して拡張した。

「アイテムボックスというくらいだから、物を収納できる機能だと思うんだけれど、相変わらず説明がないからどう使うのかわからないんだよなあ——ってなんじゃこりゃ⁉」

アイテムボックス機能を拡張した後、何が変わったのかを確認して回っていると、キャンピングカー内に設置されている箪笥《たんす》の一番上の段の中に、黒い渦のようなものが見えた。

「……これがアイテムボックス機能ってことか」

「ホー！　ホー！」

怪しい黒い渦に向かってフー太が威嚇をしている。確かに見るからに怪しい。

「とりあえず一つ入れてみるか――って、うわっ!?」

その黒い渦にディアクの肉の一切れを近付けると、触れた瞬間にスッと吸われて消えた。さすがにいきなりすぎてびっくりしたぞ。

「とりあえず、これがアイテムボックス機能で間違いなさそうだ。あとはどうやって取り出すんだ？　車体収納機能のように取り出すように念じるだけでは……駄目みたいだし、ええいっ！」

勇気を出して黒い渦に手を突っ込んでみた。

すると、頭の中に今アイテムボックスへ収納されている物が浮かび上がった。先ほどのディアクの肉の他に、元々この箪笥の中に入れていた小物なんかも収納されていた。

「こうやって取り出すのか。キャンピングカーを出さないと使えないのは不便だけれど、いろいろと収納できるのは便利そうだな。あとは容量がどれくらいになるのかと、収納している間にも時は流れるかだな。そっちは時計を突っ込んでみればすぐにわかるか」

少しの間アイテムボックス機能についていろいろと検証をしてみたが、思ったよりも便利であることがわかった。

まず、ディアクの肉の半分を突っ込んでも容量がいっぱいになることはなかった。これだけ入れば食料をたくさん収納しておくこともできるから本当に助かる。

そして、アイテムボックスの中では、時が止まっていることも確認できた。

時計を黒い渦のアイテムボックスに入れ、しばらくしてから取り出してみたところ、時計の針はアイテムボックスに入れた時のままだった。あとで肉を取り出してもう一度確認してみるけれど、食材を新鮮なまま保存できるのなら、これだけでも十分にチートな機能だ。

「それと水補給機能は少しずつ補給されているわけじゃないから、おそらくどこかの時間で一度に補給される可能性が高そうだな」

燃料は今日は走っていないからわからないけれど、朝多めに使った水タンクの方はまだ補給されていなかった……となると、日付が変わった瞬間辺りが補給されるタイミングの可能性が高いな。

よし、早速今晩にでも確認してみよう。

# 第三章　ハーキム村

「おお〜い、みんな〜！」

「ん、おい、まさかあれはジーナか!?」

「よかった、生きていたのか！　それに森フクロウ様!?」

ディアクを倒して解体作業をしてから、少し歩いてジーナの村に着いた。思ったよりも大きな集落で、周りを木の柵で囲っており、門の前に二人の見張りまでいる。

ディアクの解体に思ったよりも時間がかかり、そろそろ日が暮れる時間になりそうだったから、ギリギリ着いてくれて助かった。

「狩りに出て数日も経っていたから最悪の事態を想定していたぞ、無事で本当によかった！」

「森で狩りをしていたら、道に迷って食料や荷物を失ってしまいました。なんとか道に出られた時には、もうお腹がすいて動けなくなって、ここにいるシゲトが私を助けてくれました」

「初めまして、シゲトと申します。遠い国から旅をしている者です。こっちはフー太と呼んでいます」

門番の二人はエルフのジーナとは異なり普通の人族のようだ。

「エイベンだ。仲間を助けてくれて礼を言う、本当にありがとうな！」

「ベルクだ。それにしても森フクロウ様が人に懐いているのは初めて見るな」

エイベンさんとベルクさんは俺と同じ三十代くらいの男性だ。

エイベンさんは長い槍を持っていて、ベルクさんは腰にジーナが持っているようなロングソードを差している。二人とも何かの生物の皮と鱗《うろこ》でできた防具を身につけていた。こういうのを見るとファンタジーの世界って感じがするな。

「村から一時間ほど離れた場所でディアクと遭遇して、シゲトと一緒に倒しました。今日はご馳走です」

「おお、そりゃすげえ！　でも村の近くにこんな大きなディアクが出てくるのは珍しいな。俺も一人でディアクに遭遇したら危ないところだった。とりあえず、まずは村長に無事を伝えてきな」

「ああ、ジーナが戻ってこなくてえらく心配していたからな。怪我もないようだし、顔を見せて安心させてこい」

「わかりました。シゲト、フー太様、ハーキム村へようこそ！」

ジーナはディアクの肉をエイベンさんとベルクさんに渡して村の中に入る。どうやら俺とフー太も村の中に入ってもいいようだ。


「ジーナ、無事だったのね！　よかったわ」

「ええ、なんとか命拾いしました」

「あっ、ジーナお姉ちゃんだ！　無事だったんだね！」

「はい、またあとで遊びましょう」

村長さんの家に行くまでに、すれ違うみんながジーナの無事を喜んでくれていた。ジーナはみんなに慕われているようだし、どうやらここは良い村のようだ。

……俺はというと、誰だこいつ的な視線で見られていた。服装も元の世界のアウターとズボンだから、しょうがないと言えばしょうがない。早くこの世界の服を手に入れないといけないな。

そしてその後に、フー太が俺の肩に止まっているのを見て驚くまでがテンプレだった。どうやらこの村では俺が思っているよりも森フクロウは珍しいらしい。

「村長、心配を掛けてしまって申し訳ございません。無事に戻りました」

「おお、ジーナか！　よかった、無事だったのじゃな！　狩りに行ったまま戻ってこなかったから、とても心配したのじゃぞ」

村の奥にある村長さんの家へ案内された。この村の家は木の造りと茅葺《かやぶき》屋根でできており、中には囲炉裏《いろり》があった。

村長さんは六十～七十代くらいの男性で、優しそうな顔をしており、ジーナの無事を本心から喜んでいるように見える。そしてジーナが村長さんに門番の人にも話した内容を伝えた。

「そうか、それは命拾いしたようじゃな。この村の村長をしておりますリビドと申します。シゲト殿、この村の者は全員が家族同然なのですよ。家族を救ってくださって、本当にありがとうございました」

村長さんが俺に頭を下げてきた。ジーナも嬉しそうな顔をしている。村長さんに家族と言われて、とても嬉しいのだろう。

「たまたま倒れたジーナを見つけただけですから、あまりお気になさらず」

さすがにジーナからナイフを投げられたことは言わない。あれはこの世界でキャンピングカーに乗って走っていた俺の方も悪いからな。

「なんでもシゲト殿は旅をされていると聞いております。しばらくはゆっくりとこの村で休んでいってくだされ。もちろんフー太様もどうかごゆっくり過ごしてください」

「ありがとうございます。この国に来てからまだ日が浅く、これからどうしようか悩んでいたところなので、とても助かります。数日ほどお世話になりたいと思います」

「ホー♪」

「何もない村ですが、どうか旅の疲れを存分に癒してくだされ」

やっぱり人助けはしておくものだな。数日間はこの村を拠点《きょてん》にさせてもらって、食料や服などを調達しよう。

「ジーナ、シゲト殿を客人用の家まで案内して差し上げなさい。それと疲れただろう、晩ご飯も食べてくるといい」

「はい、村長!」

服や食料の調達は明日以降でいいだろう。さすがに今日は疲れたな。昨日からだいぶ歩いていたし、ディアクが突進してきた時は一瞬だけとはいえ命の危険も感じたし、もうクタクタだ。

客人用の家に案内をしてもらい、少しだけ休んでから村の中央の広場に行くと、そこには村長さんや大勢の村の人達が集まって火を囲んでいた。

「おう、ジーナとシゲトにフー太様！　ちょうどいいところへ来てくれたな。早速乾杯しよう！」

さっき門番をしていたベルクさんだ。どうやら門番は他の人に交代したらしい。

「ジーナに聞いたが、ジーナを助けてくれただけでなく、シゲトのおかげでディアクが狩れたんだってな！」

「いえ、ディアクを倒してくれたのはジーナですよ」

ジーナからどう聞いたのかは知らないが、俺は自分の身を守るだけで精一杯だった。ディアクを倒してくれたのは間違いなくジーナだ。

「何を言っているのですか。失態《しったい》を犯した私をシゲトが助けてくれました。私が怪我なくディアクを倒せたのもシゲトのおかげですよ！」

「へえ～シゲトはこう見えて強いんだな。どちらにせよ、シゲトがジーナを助けてくれなければ、このディアクの肉は食えなかった。さあ、どんどん食べてくれ。フー太様もどうぞ！」

「ありがとうございます、エイベンさん」

「ホホー♪」

もう一人の門番だったエイベンさんから木のお皿を受け取る。お皿には山盛りの焼いた肉と茹でた野菜が載っていた。フー太のお皿も同様に山盛りになっている。

「うむ、それでは乾杯をしようぞ。シゲト殿、フー太様、改めてジーナを助けていただき感謝いたします。ハーキム村へようこそ」

「「ようこそ！」」

村長さんの音頭でみんなが木でできたコップを掲げる。俺も他の人と同じようにコップを掲げた。

どうやら乾杯の仕方はこちらの世界も同じようだ。

「こちらこそ歓迎していただきありがとうございます！」

「ホーホー！」

こうして宴《うたげ》が始まった。


「はむっ……うん、おいしい！」

「ホー♪」

今日は一日中歩いたからお腹がペコペコだ。早速目の前に出された料理を頬張る。

シンプルに茹でた野菜。ほうれん草とキャベツにジャガイモ。何も付けていないがゆえに野菜の味がよくわかる。

この世界の野菜は本当においしいな。

どうやら元の世界にあった野菜も存在するようで安心した。

そして、ディアクの肉はほんの少し塩が掛かっているだけだったが、口の中で溶けてしまうくらい柔らかく最高の味だった。ホルモンもあれだけ旨かったのだから、その肉がこれほど旨いのも納得だ。

牛とも豚とも異なる味で、野性味がありつつ、旨みだけを口の中に残して溶けていく。

さて、それじゃあこの最高の肉にさらにアウトドアスパイスも加えてみるとしますかね。

パラパラパラ。

茹でた野菜と焼いたディアクの肉にアウトドアスパイスを振っていく。ぶっちゃけ焼いたり茹でたりしたものでアウトドアスパイスに合わないものなんてないよな。

「……う、旨い!!」

ただでさえ旨かった野菜と肉がさらに旨くなった。特にディアクの肉はヤバイな。

日本の肉は日本人の舌に合うように品種改良を重ねて育てられているが、それに勝るとも劣らない旨さだ。まだわからないが、この世界にある魔法というものが肉の旨さに影響しているのかもしれない。

いやあ、お腹もすいているし、こんなのいくらでもお腹に入っちゃうぜ。くそ、こんな旨い肉にはキンキンに冷えたビールが合うんだけどなあ!

キャンピングカーの冷蔵庫にはまだビールが数本だけ残っているが、この場にいきなりキャンピングカーを出すわけにはいかないから、あきらめるしかないのが辛いところだ。

……なんだか視線を感じる。

隣を見るとジーナが俺の食べている様子をじっと見ていた。俺と目が合うとすぐに目を逸らしたが、何を思っているかは丸わかりだ。

「ほら、ジーナもどうぞ」

「い、いえ。そんな高価なものはいただけません！」

「昨日も言ったけれど、俺の故郷ではそんなに高いものじゃないし、まだあるから遠慮しないでいい」

「いえ、そもそもディアクとの戦いでも、シゲトとフー太様を守ることができなかったわけですし……」

「てい！」

パラパラパラ。

「あっ!!」

「あんまり遠慮しすぎるのもよくないぞ。このディアクの肉を食べることができたのは、ジーナのおかげなんだから胸を張ってくれ。それに村へ案内してくれたし、俺も本当に助かったんだからこれでおあいこだ」

「……シゲト。ありがたくいただきます」

「おう、食え食え！」

「……っ!!　おいしい、これはおいしいです！」

うむ、こんなに可愛いエルフの女の子がおいしそうに食べている姿を見られたのだから、こちらこそご馳走さまだ。

「ジーナ、シゲト。すげえ旨そうに食っているけど、さっきは何を掛けたんだ？」

「あっ、いえ、これは……」

門番のベルクさんも気になったようだ。他の村の人もこちらを見ているが、俺がよそ者だから話しかけにくかったのだろう。

ジーナはアウトドアスパイスについて話していいのかわからなくて困っているようだ。

「ベルクさん、これは俺の故郷の香辛料です。いろいろ入っていて茹でた野菜やお肉にもとても合うんですよ」

「ベルクでいいぞ。たぶん年も同じくらいだし敬語もいらねえよ。それにしても香辛料ってすげえな！　旅をしていると言っていたが、シゲトは金持ちなんだな」

確かにベルクさんもエイベンさんも俺と同い年くらいに見えたな。向こうがそう言ってくれるなら、こっちも敬語はやめよう。

「俺の故郷だと香辛料はすごく安いんだ。それこそ全部の家庭にあって毎食使えるくらいにはね。せっかくだからベルクも試してみないか？　特にこのディアクの肉にはすごく合うぞ」

「い、いいのか!?　この辺りだと香辛料はかなり高価なんだぞ。それを毎食って……よっぽど豊かな土地なんだな」

「まだたくさんあるから気にしないで大丈夫だ。それにこの肉だってもらっているし、寝る場所まで用意してもらっているんだ。俺の方もすごく助かっているよ」

実を言うと、キャンピングカーの中には、これとは別の種類のアウトドアスパイスがもう一つある。

最近ではいろんなメーカーがアウトドアスパイスを販売しており、それぞれ味が微妙に違うから食べ比べをするために購入したのだ。

「いや、ジーナを助けてくれたし、それは当然なんだがな……すまねえ、ありがたくいただこう」

「ああ」

パラパラパラ。

「うおっ!!　こりゃうめえ！　いつもの肉や野菜とは別もんじゃねえか！」

コショウも入っているのは黙っておこう。塩よりもさらに高価って言っていたからな。しかし、ただのアウトドアスパイスでここまで喜んでくれるとこちらも嬉しい。

「よかったら皆さんもどうですか？　まだいっぱいあるから遠慮しないでいいですよ」

おう、一気に長蛇の列になった。というか、いつの間にか村長さんも並んでいるし！

これから数日間お世話になるわけだし、村の人達と仲良くなっておいて損はないはずだ。

なんといっても、旨い飯はみんなで分かち合って食べるとさらに旨くなるものだ。

「シゲト殿、この香辛料は香りも味もすばらしく、ディアクの肉の味を引き立てておりますな！これほどのおいしい香辛料は今までに味わったことがありません！」

村長のリビドさんもアウトドアスパイスを振り掛けたディアクの肉をおいしそうに食べている。

「気に入っていただけて何よりですよ。皆さん、とても楽しそうにしておりますし、ここは本当に良い村ですね」

「ホホーホー♪」

フー太もディアクの肉と野菜をおいしそうに頬張っている。

村の人達はとても気さくで、初めてこの村へとやってきた俺やフー太を笑顔で歓迎してくれた。それにみんなとても楽しそうだ。

そう言えば、よく旅行先やキャンプ場で初対面の人達と話したり酒を飲んだりしたけれど、まさか異世界でもそんなコミュニケーション能力が役立つとは思わなかったな。

「ええ、この村は小さいながらもとても豊かな村なのですよ！」

隣にいたジーナが俺の言葉に同意してくれる。やはり自分が住んでいる村が褒《ほ》められるのは嬉しいのかもしれない。

「ふむ、ここ最近は気候もよく、作物も豊富であるからのう。ジーナにも離れた森まで狩りに出る必要はないと伝えておったのに、無理をして一人で狩りに行きおって……この娘は村でも一、二を争うほどの強さを持っておるのだが、どうにも少し抜けたところがあってのう……」

「そ、村長！」

……それについては昨日ジーナと出会ったばかりの俺もよくわかっている。強くてしっかり者に見えるジーナだが、どこか少しだけ抜けているんだよなあ。

「なんにせよ、無事に戻ってきてくれて何よりじゃ。さあ、今宵《こよい》は楽しんでくれるとありがたい」

「はい、十分に楽しませてもらっていますよ」

「ホー♪」

こちらの世界に来て、初めて大勢の人達と一緒においしいご飯を食べて、おおいに騒いだ。こういうのも悪くはない。

◆◇◆◇◆

「……よく寝たあ」

「ホー！」

目を覚ますと木の天井が見えた。そうだ、昨日はお腹いっぱい料理を食べながら村の人達と騒いで、最後にジーナと村の外へ出た。

誰もいないことを確認して、キャンピングカーを出してからいろんな検証をしつつ、借りている家に着いてすぐに寝てしまったんだ。

フー太はすでに起きていて、家の中を飛び回っていた。朝の運動かな？　キャンピングカーの中は少し狭いからな。

さて、昨日いろいろとやることをやっておいたから、まずはジーナに伝えて村の外に出て、キャンピングカーを確認するとしよう。


「……う～ん、ポイントの増加はなしかあ。やっぱりディアクを倒した経験値とかでもないし、人にご飯を振る舞ったからポイントが増えたわけでもないか」

ジーナとフー太と一緒に村から少しだけ離れ、キャンピングカーを出して昨日の検証結果を確認していく。

残念ながら残りの拡張機能のポイントは1ポイントで、昨日から増えていなかった。そうなると、今の段階では、昨日考えたポイント増加の法則を絞る事はできないな。

これについてはそれぞれ順番に検証していくしかない。今日はこのままこの村でお世話になる予定だから、もしも明日ポイントが増加していれば、時間経過でポイントが増えることになる。次はキャンピングカーで距離を走ってみて、次の日にポイントが増えているかだな。

それで駄目なら、フー太やジーナと同じように誰かを助けた時にポイントが増えることとなる。さすがにそれを自発的にするのは難しいだろう……

「とりあえず補給機能のタイミングは、二十一時以降から翌朝八時くらいまでの間か。それがわかったのは大きな前進だな」

結局昨日の夜は、ジーナに頼んで村の外でキャンピングカーを出していろいろと確認をした。その結果、昨日の二十一時を過ぎたタイミングでは燃料や水が補給されておらず、今朝に補給を確認することができた。

そうなると、おそらくは日付が変わったタイミングだろうか？　その辺りも今後検証していきたいところだ。

そして昨日新たに拡張した『調味料・香辛料補給機能』。

1ポイントで補給できた拡張機能だが、おそらくは燃料やタンクの水と同様に、自動的に醤油やアウトドアスパイスなどの調味料や香辛料を補給してくれる機能……だと思って拡張をした。

こちらの世界にはないであろう調味料や香辛料なんかを補給できるのはとても助かる。

どうやらこの世界では香辛料は高価らしいからな。資金を得たり物々交換したりするためにすぐに必要な機能だった。

そして調味料と香辛料の補給対象だが、これは俺の予想とは異なっていた。

「さすがにすべての調味料と香辛料が一夜で補給されることはなかったか」

確認してみた結果、補給されていた調味料はコショウ一つだけだった。

いったいどういう基準でコショウだけが補給されたのかを考えてみたのだが、ランダムに調味料か香辛料が一つだけ補給されるという予想がまず一つ。

そしてもう一つが、このキャンピングカー内にあり、一番減っている調味料か香辛料が補給されるという基準だ。昨日この条件を満たすものがコショウだったからな。

アウトドアスパイスが一番減っていたのだが、昨日はリュックに移して村で使っていた。そうなると、キャンピングカー内になければ補給の対象外なのかもしれない。

これについてもポイントの増加と合わせて要検証だな。贅沢《ぜいたく》を言っては罰が当たるかもしれないけれど、拡張機能の説明がほしいところである。

「ジーナ、お待たせ」

「ホー！」

一通り確認はできたので、俺はジーナに声を掛ける。

「ええ、全然構わないですよ。次はどこへ案内すればいいですか？」

「助かるよ。それじゃあ、村長さんの家までお願いするよ。昨日話していたように、いろいろと物々交換をしてもらいたいんだ」

「承知しました。その間私は心配を掛けた人達に改めて挨拶《あいさつ》をしてきますから、また村の外に出たくなったら声を掛けてください」

「了解したよ」

さて、お次は村長さんと交渉をしなければならない。なんせ俺は今、この世界の服もお金も持っていないのだからな。他の街へ入るためにもそこは必須だ。

ちなみにこの村での食事は昼と夜の二食らしい。多少お腹はすいたが、そこはこの村に合わせるとしよう。


ジーナの案内に従い、村の中を歩いていると村のみんなが声を掛けてくれた。

「シゲトお兄ちゃん、おはよう！」

「エリナちゃん、おはよう」

「おう、シゲト。昨日はありがとよ、あんな旨い肉を食ったのは初めてだったぜ」

「それはよかった。こっちもおいしいお肉をご馳走さまでした」

昨日のアウトドアスパイスを掛けた肉はみんなに好評だったようだ。おかげで村の人達の大半とも仲良くなれた。とはいえ、さすがにまだ全員の名前は覚えられていない。この村には四十～五十人くらいが生活しているようだし、その三分の一くらいかな。

「おはようございます、村長さんいらっしゃいますか？」

村長さんの家に着き、扉越しに声を掛けると、すぐに返事があり中に招き入れてくれた。

「シゲト殿、おはようございます。昨日はとても良い日でした。ジーナも無事に村に戻ってこられましたし、シゲト殿のおかげで村の者もみな久しぶりに旨い肉を食べることができました」

「俺も昨日はとても楽しかったです」

「それでシゲト殿、何かありましたか？」

「はい、昨日お願いをしていた件なのですが、可能な分だけで大丈夫ですので、野菜や古着やお金を俺が持っている香辛料と換えてもらえないでしょうか？」

「ええ、もちろんですよ。それに香辛料はいりません。ジーナを助けていただきましたし、昨日は村人全員に香辛料を振る舞っていただきました。お金についてはこの村にもそれほどないのですが、古着や野菜についてはどうぞお持ちください」

「本当ですか！　ありがとうございます。お金はここから一番近い街に入れる分をいただけますと、とても助かります」

この世界をのんびりと見て回りたいけれど、まずはお金や食料を確保することが大事だ。

この村を出たら、とりあえず近くの街へ向かい、多少のお金や食料を確保しておきたい。

「ええ、それくらいでしたら問題ありません。こちらの銀貨があれば隣の街へ入れます。二枚で入れるはずですが、念のため五枚ほどお持ちください」

ジャラジャラと村長さんから五枚の銀貨を受け取った。かなり昔に日本史で勉強した昔の古銭のような感じかな。あとでお金の価値についても教えてもらおう。

「ありがとうございます」

「ホー！」

俺の肩に止まっているフー太も両方の翼を広げて感謝の意を伝えている。村長さんの言葉はわからなくても、何かをもらったことはわかるらしい。

「そう言えば、今後街に向かうと聞きましたが、フー太様もご一緒なのですか？」

「はい。どうやらフー太も一人きりのようなので、ついてきてくれている間は一緒にいろんな場所へ行こうと思っていますよ」

「ホー♪」

フー太が俺の頬に頭を預けてくる。よしよし、ういやつめ。

「そうですか、そこまで森フクロウ様に懐かれているとは……ですが、お気を付けください。森フクロウ様は森の守り神であられますが、最近では数がだいぶ減ってきたこともあり、一部の愚かな貴族などが森フクロウ様を捕らえようとしているのです。街で誰かに襲われるという可能性もあるので、十分にご注意ください」

「そ、そうなんですね……」

「ホー？」

村長さんの言葉がわからないフー太が首を傾げる。その仕草はとても可愛らしいのだが、それって結構深刻なことなんだよな……

確かにこれだけ可愛らしく、体のサイズを変化させられる森フクロウは、ペットとしての需要《じゅよう》がものすごくありそうだ。それでジーナは最初に俺を密猟者と間違えたんだな。

さすがに街の中の人目が多い場所で何かしてくるとは思わないけれど、万が一襲われたとして、俺はフー太を守る術を持っていない。となると、俺が街へ入っている間は、フー太には街の外で待っていてもらい、夜は俺も街の外に出てキャンピングカーで過ごすしかないか。

でも、それだとずっと街の外にいるフー太が可哀想だし、どうしたものかな……まあ、その辺りはあとで考えるとしよう。

「古着と食料についてはジーナに案内をさせますので」

「わかりました。ありがとうございます……あの、そう言えばジーナってエルフなんですよね？この村にエルフはジーナしかいないんですか？」

この街に来て一番気になっていたことを聞いてみた。ジーナにこの村に案内されるまでは、ここはエルフの集落かと思っていたのだが、どうやら違うようだ。

「……あの子がこの村に来たのは今から十五年以上も前になりますか。赤ん坊だったジーナを抱いた母親がこの村にやってきて、ここに住みたいと言ってきました。我々としても拒む理由もなかったので彼女達を受け入れたのです。彼女の母親はとても優秀な水魔法の使い手で、村の生活にとても貢献《こうけん》してくれました」

どうやらジーナはこの村で生まれた子ではなかったらしい。

「ですが、ジーナの母親は数年ほど前に病に倒れ、そのまま帰らぬ人となったのです。ジーナも深く悲しみましてね、それまで以上にこの村のために役に立とうと躍起《やっき》になって、時間さえあれば森で狩りをするようになりました」

「そうだったのですか……」

医療も発達しておらず、衛生観念もしっかり定着していなさそうなこの世界だ、大きな病に罹《かか》ってしまえば助かることは稀《まれ》なのだろう。

「すみません、辛いことを思い出させてしまいました」

「とんでもないです。ジーナはこの村の大切な家族です。ジーナを助けてくれたシゲト殿とフー太様には本当に感謝しております」

「いえ、ジーナを助けたのは偶然でしたから。それにこちらこそ、村に泊めていただき本当に感謝していますよ。それに服や野菜をいただけるのもありがたいです」

「シゲト殿は本当に欲のない方ですね……エルフという種族は我々人族よりもとても寿命が長いのです。ジーナがこの村を思ってくれるのはとても嬉しいのですが、本音を言えば、ジーナにはこの村の外に出て、いろいろな世界を見てきてほしいという気持ちもあるのですよ」

「なるほど……」

どうやらファンタジーの常識通りこの世界のエルフの寿命も長いらしい。とはいえ、赤ん坊のジーナがこの村に来たのが十五年前ということは、ジーナは見た目通りの年齢のようだ。

でもジーナはこの村のことが本当に好きみたいだったからな。俺がこの村は良い村だと褒めた時は本当に嬉しそうにしていた。たぶん誰が何を言ったところで、きっとこの村からは出ていかないだろう。

「ところで、村長さんは日本、またはアメリカという名前の国を知っていますか？」

「ニホン……アメリカ……申し訳ないですが、そのような名前の国は聞いたことがありません。シゲト殿の故郷の名前ですかな？」

「はい。実は故郷への帰り方がわからなくなってしまいまして……」

「そうでしたか。街には様々な場所から人が集まってくるので、シゲト殿の故郷の情報を集めるのなら、街で聞いた方が良いかもしれませんな」

「わかりました。それとまだこの国に来たばかりなので、この国のことについていろいろと教えてください」

「ええ、もちろんですよ」

そのあとは村長さんにこの国のことや、この村の付近について詳しく聞いてみた。

村長さんから聞いた話によると、ここから一番近い街までは歩いて五日ほど、そこそこ大きな街で冒険者ギルドや商業ギルドなどもあるらしい。

街に入るためには身分証が必要で、持っていない場合には、街へ入るための通行料と犯罪経歴がないかのチェックが入るらしい。

よし、今日はゆっくりさせてもらい、明日の朝にその街を目指すとするか。

この世界に来てからいろいろと考えたが、せっかく夢だったキャンピングカーと一緒に異世界へ来たんだ。どうせならキャンピングカーでこの異世界を回ってみようじゃないか。

元の世界の情報を集めつつ、この世界を見て回る。うん、当面はこれでいくとしよう！

「ジーナ、いる？」

「ホー」

「シゲト、フー太様、どうしました？」

「村長さんと話をして、使っていない古着をもらえることになったんだ。あとは野菜も少しもらえることになって、その案内をジーナに頼みたいんだ」

「そうですか、任せてください！　そのままこの村の中も案内します。小さいながらも良い村なのですよ」

「ありがとう、助かるよ」

まずは古着や農作業の道具などがある小屋に案内された。どうやらこの村の財産的なものは全員の共同資産になっているらしい。使っていないものはこの小屋に集められており、使う時には誰かに告げて自由に使っているそうだ。

「どうだろ？」

俺はいくつか服を見繕って、試しに着用してみた。

「ええ、とっても似合っていますよ。でもいいのですか？　さっきまでシゲトが着ていた服の方が立派でしたのに？」

「立派かもしれないけど、街へ行くと悪目立ちしちゃいそうだからね。こっちの方が一般人ぽくていいんだよ」

小屋には茶色や灰色の上着と、茶色や黒色のズボンが置いてあった。古着なので少し布がへたってはいるが、そのおかげで普通の人に見える。靴は何かの動物の皮でできており、シンプルに足首を紐で縛るようになっている。

「それじゃあ、ありがたくいただいていくよ」

古着は結局三着分をもらうこととなった。足りなかったら街で買えばいいだろう。

……下着については元の世界で使っていたものを使うとするかな。さすがに古着の下着というのは少し抵抗がある。街へ行ったら新品を探してみよう。

「そろそろお昼ですね。ご飯を食べに行きましょうか」

「そうだな、少しお腹がすいてきた」

「ホホー♪」

フー太もお腹がすいているようで、大きな鳴き声を上げた。

ジーナに案内されて村の真ん中にある大きめの建物に向かう。昨日の宴会もここの前で開かれていた。どうやら村の人達はみんなここで食べるらしい。

「朝からお昼までの間に各自でここに来て食べるのですよ」

なるほど、セルフで取りに行く小学校の給食みたいだ。基本的にはみんな同じメニューで、お皿を持っていくと給仕担当の人がお皿によそってくれる感じだな。

お昼のメニューはパンと茹でた野菜と少しの焼いた肉だ。どうやらこの村ではパンを作っているらしい。とはいえ、日本で食べるような白くて柔らかいパンなどではなく、黒くて硬いボソボソとした歯触りのパンである。

この世界ではまだ酵母《こうぼ》というものが使われてないのかもしれない。街へ行った時に酵母を使ったパンが売ってないか見てみよう。なければ自分で作るしかないか。今まで酵母を自分で作ったことはないが、確か果物を水に浸しておけばできるんだっけな。

「シゲトお兄ちゃん、昨日のご飯がおいしくなる魔法の粉を掛けて！」

昨日と同様に、俺とフー太とジーナが野菜と肉にアウトドアスパイスを掛けて食べていると、エリナちゃんがこっちに近付いてきた。

エリナちゃんは小学校低学年くらいの女の子で、昨日の夜から俺に懐いてくれている。まあアウトドアスパイスでおいしくなったご飯狙いの可能性もあるが、可愛いからいいんだよ。

それに、俺をおじさんじゃなくてお兄ちゃんと呼んでくれているから、それだけですべてを許せてしまう。元の世界だと稀におっさんとかおじさんと呼ばれるからな。

「こらエリナ！　娘がすみません、本当に気にしないでください！」

エリナちゃんの母親がエリナちゃんを抱きあげて窘《たしな》めている。

「まだたくさんあるから気にしなくていいですよ。はい、エリナちゃん。皆さんもどうぞ！」

実際のところ、このアウトドアスパイスはかなり減ってきたのだが、別のアウトドアスパイスをもう一種類持っているからまだ大丈夫だ。

こんなことになるのなら、もっといろいろな調味料をキャンピングカーに積んでおけばよかったと少しだけ後悔している。

「すみません！　本当にありがとうございます。ほらエリナ、ちゃんとお礼を言いなさい！」

「シゲトお兄ちゃん、ありがとう！」

うむ、幼女の笑顔はお金では買えないものである。子供の笑顔はどうしてこんなにも人を和やかな気持ちにさせるのだろう。

いや俺がロリコンってわけではないからな！　普通に誰に頼まれてもあげるつもりだったし！


昼食を食べた後は引き続きジーナに村を案内してもらった。それぞれの家族の家はあるが、トイレも共用、食事も共用、畑も共用となっているらしい。そして残念ながら風呂はないようだ。

「シゲト、こちらがこの村の畑です」

「おお！　これはなかなか壮観な景色だな」

「ホーホー！」

村の居住区を外れたところに広々とした畑が広がっていた。そこでは色とりどりの野菜や麦が育てられている。

「この辺りは土の質がよく、作物で困ることはほとんどありませんね。それに森も近いので、魔物もよく取れます」

そう言えば村長さんが言っていたな。この村はあまり食料には困っておらず、十分に自給自足ができているらしい。ただ余った分の食料を売ってお金に換えて、税金として国にお金を納めているから、現金はあまりないとのことだ。街へ入るためのお金はありがたく使わせてもらおう。

「こちらがこの村の野菜を保存している倉庫ですね。野菜の種類ごとに倉庫をいくつか分けておりますので、あとでそちらも見てみましょう」

この倉庫にはジャガイモやサツマイモのような芋類が保管されていた。

他の倉庫には挽《ひ》いた小麦、キャベツや白菜、玉ねぎやにんじんなどがあった。

他の野菜は使う当日にその日の分を収穫するようだ。

大きなリュックを持ってきたつもりだったのだが、全然入らなかった。まあ街までキャンピングカーなら一日もかからないし、ディアクの肉はたくさんある。数日分あれば大丈夫だろう。

「食料をこんなにもらってしまって悪いね」

「とんでもない！　私は命を救ってもらいましたし、昨日も今日も高価な香辛料をみんなに振舞っていただきました！　むしろこちらの方があまりお返しできずに申し訳ないです」

「はは、それじゃあこれでお互い様ということで。それにしても本当に良い村だな」

「ホー♪」

文明レベルは低いかもしれないけれど、食料は十分にあり、何より村の者全員が楽しそうに暮らしている。子供達が笑いながら遊んでいるのが何よりの証拠だ。フー太も俺の意見には賛成みたいだな。

「ええ！　私も赤ん坊の頃から住んでいますが、本当にとても良い村なんですよ！　もしよろしければシゲトもこの村でしばらく暮らしてみてはいかがでしょうか？」

「…………」

正直に言うと、それも選択肢としては十分にありだ。見たところ若い男手があまりいないから、体力のない俺でも多少は歓迎されるだろう。

……だけど、俺はせっかくならキャンピングカーでこの世界を回ってみたい。それにキャンピングカーのレベルアップには距離を走らないといけないみたいだしな。

「ありがたいお誘いなんだけれど、まだこの国に来たばかりだからね。もう少しいろいろとこの辺りを旅してみるよ」

「わかりました。いつでも歓迎しますので、ぜひまたこの村に寄ってくださいね！」

「ああ、その時は遠慮なく寄らせてもらうよ」

「はい！」

カーナビの機能もあることだし、またこの村に戻ってこようと思えばいつでも戻ってくることができる。この世界に来て初めてできた知り合いだし、ぜひまた寄らせてもらうとしよう。

……とはいえ、この異世界を旅してみて、危険が多すぎて一瞬でこの村に舞い戻ってくる可能性もゼロではないのが悲しいところである。

その後もジーナの案内で村を歩き、気付けば夕食の時間になっていた。

「シゲトもこの村に住めばいいのにな！」

「そうだな、若い男手ならいつでも大歓迎だ」

「エイベンもベルクもありがとう。もしかしたら、また戻ってきてこの村に住まわせてもらうかもしれないから、その時はよろしく頼むよ」

「おう、いつでも歓迎するぜ！」

「ああ、いつでも戻ってこいよ」

昨日の夜は俺とフー太の歓迎の宴となっていたが、今日の夜は昼と同じように一定の時間内に各自で食べるようだ。ジーナとフー太と一緒に晩ご飯を食べているところに、エイベンとベルクがやってきたので、一緒に食べている。

明日の朝には、俺はこの村を出発する。この二人とは特に仲良くなったし、いつか酒でも酌《く》み交わしたいところである。

「シゲトお兄ちゃん、フー太様、これあげる！」

「もらっていいの？」

みんなで晩ご飯を食べていると、エリナちゃんがトコトコとやってきて、小さなお花の花束をもらった。フー太にはちょうど頭に載っかる大きさの花で編まれた冠《かんむり》を載せてくれた。

「うん！　魔法の粉のお礼だよ！　またこの村に来てね！」

「エリナちゃん、ありがとう。また来るからね」

「ホーホー♪」

フー太もとても喜んでいるようだ。エリナちゃんは手を振りながら母親のいる場所へ戻っていった。

本当に良い子だったな。もらったお花はキャンピングカーのコップにでも生けて飾っておくとしよう。

「エリナも嬉しそうでしたし、本当にいつでも村に寄ってほしいです」

「そうだね、ジーナ。遠慮なくまたお邪魔させてもらうとするよ」

このキャンピングカーの燃費《ねんぴ》は燃料一リットルで五〜六キロメートル。百リットル入るから、進もうと思えば一日五百キロメートルくらいは進めるはずだ。ギリギリまで燃料を使い切っても、燃料補給機能で一日経てば燃料が満タンになるなら、かなり遠くまで離れてもすぐに戻ってくることができる。

せっかくこの村の人達とも仲良くなれたんだ。またみんなの顔を見に来るとしよう。

# 第四章　明日のために

「ふあ～あ」

今日も今日とてぐっすりとよく眠れた。やはり俺はだいぶ図太いらしいな。ベッドのような柔らかい寝具でもなく、薄い布団で普通に眠ることができた。

「ホ～」

大きくなって隣にいたフー太も目を覚ましたようだ。少しだけ肌寒かったから、持っていた寝袋を広げて毛布のようにフー太と一緒に掛けて寝ていたのだが、どうやら寝ている間にまた大きくなってしまったらしい。

この状態のフー太はもふもふしていて本当に温かいな。俺の方は寝袋がズレてしまったのだが、それでも快適に眠ることができた。

さて、今日はハーキム村を出て、街へと移動してみよう。まずはキャンピングカーに乗ってみて、ポイントが増えているかの確認と、昨日キャンピングカーの中に置いておいたアウトドアスパイスが補給されているか確認してみるか。

肉はディアクの肉がアイテムボックスに入っているし、リュックにはこの村でもらったたくさんの野菜もある。街に入るための最低限のお金ももらったし、この世界の服もいただいた。

まだたった数日の付き合いだが、ジーナやこの村の人達にはとてもお世話になった。カーナビによって、離れていてもすぐにこの村まで戻ってくることができるし、今はこれからの旅に気持ちを向けていこう。


「おい、ヨル婆《ばあ》！　早く診てくれよ！」

「誰か、水を持ってきてくれ！」

村を出発しようと、借りていた家を出ると、何やら村の中が騒がしい。

昨日の朝はこんなことはなかったはずだ。何かあったのか？

「ジーナ、何かあったの？」

ざわつく村の人達の中にジーナを見つけた。ジーナは青ざめた顔をして呆然《ぼうぜん》としている。

「シゲト、フー太様……エリナが、エリナが!!」

「えっ!?　エリナちゃんがどうした!?」

「ホー!?」

エリナちゃんに何かあったのか!?

ジーナと一緒にエリナちゃんとその家族が住んでいる家の前に行くと、そこには村のみんなが集まっている。しばらくすると、家の中から村長さんが出てきた。

「村長、エリナの具合はどうなんだ？」

「今朝いきなり倒れたけど無事なのか？」

「みな、落ち着いて聞いてくれ。エリナの全身には赤い発疹《ほっしん》が出ていた。ヨル婆にも診てもらったが、間違いなくドルダ病だ。あとはもう言わなくてもわかるな……」

「そんな⁉　嘘だろ！」

「エリナが⁉　あんないい子がどうしてだよ！」

「くそっ！　ここ数年はドルダ病に罹った者は出なかったのに」

村のみんなの反応から、エリナちゃんがドルダ病という病に倒れたということはわかる。そしてその病がとてつもなく重いということもだ。

「ジーナ、ドルダ病というのは？」

「……この辺りの国で本当にごく稀に発症する病のことです。全身に赤い発疹が出るという特徴があり、発症してから数日の内に死に至る恐ろしい病です」

発症から数日で死に至る病……

くそっ、俺は病気の知識がほとんどないうえにここは異世界だ。救急セットに入っている応急《おうきゅう》薬《やく》程度じゃ対応などできるわけがない。

「どうにかできないの？」

「……この病の特効薬《とっこうやく》が一つだけあります」

「特効薬があるのか⁉　じゃあ早くそれをあげないと！」

「残念ですが、その特効薬はこの村にはありません。薬を売っている一番近くの街でも、ここから片道五日はかかります。そして、この村には特効薬を買えるようなお金もありません。この村でドルダ病に罹ることは死を意味します。せめて残された時間は、家族や村のみんなと一緒に安らかな時を過ごすことしかできないのです」

ジーナの白銀色の両の瞳からは涙が溢《こぼ》れていた。

「私の母もこの病で亡くなりました……」

「…………」

村長さんの話では、ジーナの母親は数年前に病に倒れたと言っていた。自分の母親が患《わずら》った病か……エリナちゃんを自分の母親と重ねてしまっているのだろう。

すでに村にいる他のみんなも悲嘆に暮れている。

「シゲトとフー太様はどうか村を出発してください。こうなってしまっては我々にできることはありませんし、それに、これはこの村の問題です。お二人が気にする必要はありません」

「…………」

涙を流しながらそんなことを言うジーナ。こんな状況でも俺やフー太を気遣ってくれる本当に優しい子だ。

「……ジーナ、その特効薬というのはいくらするんだ？」

「金貨で二十枚ほどです。この村にあるお金をかき集めても半分にも満たないでしょうね。それにたとえお金があったとしても、間に合いません」

昨日村長さんに聞いたこの国でのお金の価値。食事や宿代、街へ入るための金額などから換算すると、日本円では銅貨が百円、銀貨が千円、金貨が一万円ほどになる。金貨二十枚ということは二十万円くらいか。

……もしかしたらエリナちゃんを助けることができるかもしれない。だが、数日前に出会ったばかりの女の子を助けるために、俺のキャンピングカーの秘密が漏れたり、俺が街の人に狙われたりするようなリスクを取るべきなのか？

「…………」

俺は聖人君子《せいじんくんし》なんかじゃない。

自分の命を捨ててまで悪人と戦うようなヒーローでもない。ジーナにこの村を案内してもらった時も、何かあればキャンピングカーを出してすぐに逃げようと、いつも保身ばかり考えていた人間だ。

今もこうして苦しんでいる女の子を目の前にして、反射的に人を助けるために動ける人とは違い、自分の立場のことを考えてしまうくらいちっぽけな男だ。

だけどな、そんなちっぽけな男で、自分のことを何よりも考える男だからこそ、俺はエリナちゃんを助けたい！

ここでエリナちゃんを見捨てて、明日見る景色が綺麗だと感じることができるか？　明日食う飯が旨く感じるか？

そんなわけがないだろ！

偽善だろうと自己満足だろうと知ったことか！　俺は俺が明日の生活を楽しむため、俺自身のためにエリナちゃんを助けるんだよ！

「ジーナ、なんとかなるかもしれない」

「っ!! ドルダ病の特効薬を持っているのですか？」

「いや、特効薬は持っていない。だが、一日で街まで行って帰ってくることは可能だ。あとは特効薬を買うお金だが、それもなんとかなるかもしれない」

「本当ですか!? シゲト、私にできることならなんでもします！ お願いします、どうかエリナを助けてください！」

俺に向かって深く頭を下げるジーナ。

「まずは村長さんと話をしたい。ジーナ、フー太、一緒に来てくれ」

「はい！」

「ホー！」

エリナちゃんの家の前にいる村長さんを呼び出し、村の人達から少し離れたところに来てもらった。

「シゲト殿、こんな状況になってしまい申し訳ありません。シゲト殿はどうか気になさらず村を出てください。旅の無事をお祈りしております」

こんな状況になっても、ジーナと同じで俺のことを気遣ってくれている。

「村長さん、落ち着いて聞いてください。もしかしたらですが、エリナちゃんを助けられるかもしれません」

「ほ、本当ですか!?」

「ええ、そのためにいくつか確認をしたいんです。まずは街でドルダ病の特効薬を売っている場所を知っている人は誰がいますか？」

驚いている村長さんに、俺は冷静に必要なことを聞いていく。

「私とヨル婆、それと護衛として街までついてきたことのあるベルクが知っております。ですが、あの街までは歩いて五日はかかります。仮に馬がいたとしても数日はかかってしまいます」

「距離については問題ないと思います。どちらかと言えば特効薬を買うための資金の方が問題ですね。俺が昨日使った香辛料なんですけど、高く売れると思いますか？」

俺はこのプランの一番肝心なところを村長さんに聞いた。

「……ええ。しかるべき場所に持っていけば、高い金額で引き取ってくれると思われます」

「それならいけるかもしれませんね。誰か一人、俺と一緒に街まで行ってくれませんか？　あとは香辛料を買い取ってくれる商店を知っている人も必要ですね」

「でしたらどちらも知っている私が行きます！　村にいても医学の知識のない私にできることは何もありません。エリナのことはヨル婆に任せております」

「わかりました。確実に助けられるという保証はないので、この件はみんなにはまだ話さないでください。ジーナ、護衛として街まで一緒についてきてほしいんだけれど頼めるか？」

「もちろんです！」

よし。香辛料の金額次第ではあるが、これならエリナちゃんを救える可能性は高い。

「村長さん、俺達が街に入るためのお金だけ用意してもらって、急いで村の入口を出て少し歩いたところまで来てください」

「わかりました」

「お待たせしました。みんなには話をして明日までには戻ると伝えてきました。ですが、いったいどうやって……」

そう言いながら村長さんがこちらに歩いてくる。

村の入口を出て少し歩いた場所。ここなら門番の人からも見えない。キャンピングカーを見せるのはいいが、できる限りは秘密にしておきたいからな。

「それでは、今から起こることはみんなには秘密でお願いします」

村長さんの目の前でキャンピングカーを出す。何もない空間から突然現れた巨大なキャンピングカーに驚き、村長さんは文字通り腰を抜かした。

「なっ、なな、なんですか、これは!?」

「これはキャンピングカーというシゲトが召喚した魔物です」

「ホー!」

ジーナが説明をしてくれるが、実際にはちょっと違うんだよな。とはいえ、今はそんな説明をしている暇はない。

「細かい説明は走りながらしますが、このキャンピングカーなら、五日歩く距離を半日もかからずに進むことができます」

「なっ、なんと!?」

「この魔物はそれほど速く走ることができるのですね……」

村長さんもジーナも、俺が話したあまりの速さにとても驚いている。

「ジーナ、今更魔物の腹の中が怖いなんて言うのはなしだぞ」

「もちろんです、シゲト！　エリナを救うためならば、どんなことでも覚悟しております！」

「は、腹の中……」

ジーナの方はエリナちゃんを助けるための覚悟ができているようだが、村長さんの方は少し顔を青くしている。そりゃいきなり魔物の腹の中とか言われたら、怖くなるのも当然だろう。

「村長さん、腹の中というのはたとえです。ほら、こんな感じでこのキャンピングカーの中に入って、中からこいつを動かすだけです。こんな感じで簡単に出入りもできますよ」

「ホー♪」

俺はキャンピングカー後部のドアを開けて、中に乗り込んだり、出てきたりしてみせる。フー太も俺と同じようにキャンピングカーの中に入ったり出たりしてくれている。

「な、なるほど……」

俺だけじゃなくフー太もキャンピングカーの中に入っていくのを見て、村長さんも少し安心してくれたみたいだ。

「そっ、それでは失礼します」

まずはジーナが恐る恐るキャンピングカーの中に足を踏み入れる。

う～ん、本来ならばキャンピングカーはもっとウキウキして入るものなんだけれど、こちらの世界の人にそれを求めるのは酷《こく》というものか。

「み、見たことないものがいっぱいありますね……それにしても中はとても広いです。本当にこれが魔物の体の中なのですか？」

ジーナはまだ魔物と信じているようで、見当外れなことを言ってくる。

「そもそもこれは車といって、実際には魔物とは違うんだよ。中には危険な物もあるから、あんまり触らないでね」

「き、気を付けます！」

「こ、これはすごいですな」

とりあえずジーナも村長さんも無事にキャンピングカーに乗り込んだ。

さあ、街まで急ぐとしよう！

「街はあっちの方角でいいんですよね？」

「え、ええ。この道をひたすら道なりに進んでいけば、オドリオの街へ行けます」

「わかりました。念のために村長さんかジーナのどちらかは道案内のため前に来てください」

「私が前に行きます」

「わかった。ジーナ、シートベルト――ええっと、この安全用の紐みたいなものをこう付けてね。村長さんも後ろのソファ……イスに座って、ジーナと同じようにこの紐を付けてください」

「わかりました。すごい、この紐は伸び縮みするのですね。ええっと、これを……」

「な、なかなか難しいのう……」

ジーナが助手席に座り、後ろのイスに村長さんが座るが、二人ともシートベルトをうまく付けられないようだ。確かに初めてシートベルトを付けるのは難しいのかもしれないので、二人を手伝ってあげた。

「フー太はどうしようかな、俺の席だと少し邪魔になっちゃうかもしれないし……」

「ホー……」

さすがに運転席の俺の上にいると少し運転の邪魔になってしまう。それにたぶんフー太も危ないだろう。

後ろにいてもらうのもいいのだが、ジーナと出会った時に、フー太は俺よりも早くジーナに気付いたし、目がとても良いようだ。できれば前にいてもらい、何かあればすぐに教えてほしい。

「フー太様、よろしければこちらに」

「ホー♪」

シートベルトを締めたジーナの上にフー太が飛び乗り、ジーナがフー太を抱きかかえた。確かにこれならフー太もジーナも前を見ることができる。ジーナも森で狩りをしているらしいから、きっと目はいいだろう。

……少しだけジーナに抱きかかえられているフー太が羨《うらや》ましかったりもするが、今はそんなことを考えている場合ではない。

「それでは出発しますね。スピードが出るので気を付けてください」

「は、はい」

「わ、わかりました」

幸いオドリオの街らしき場所まではカーナビの範囲内だったようだ。

カーナビを操作し、手動でピンを留めてセットする。

地図を見てオドリオの街までの道を確認したところ、村長さんの言う通り、このままこの道沿いにまっすぐ進めば街へ着くようだ。


**『目的地が設定されました。目的地まで案内を開始します』**


「きゃっ⁉」

「ぬおっ⁉」

「この声に害はないので気にしないでください」

カーナビの音声が流れるが、オドリオの街までは基本的に道なりに進むだけなので、案内はそれほど必要ないだろう。

アクセルを踏んで徐々にスピードを上げていく。

「きゃあああ！」

「こ、これはなかなか揺れるようじゃな」

二人とも初めての車だからしょうがない。しばらくすれば慣れるだろう。ジーナも可愛らしい悲鳴を上げるのだなという、どうでもいい情報がわかった。

時速五十キロメートル以上のスピードで街までの道のりを飛ばす。もちろんこのキャンピングカーの最高時速は倍以上出せるのだが、舗装されておらず、人や魔物が突然現れるかもしれないこの道ではこれが限界だ。

徒歩で五日ということは、多く見積もって一日三十キロメートル進むと考えても、街までは約百五十キロメートル。三時間あれば到着できる予定だ。

「よ、ようやく慣れてきましたね。こ、こんなにも速く動ける魔物が存在するとは思いませんでした……」

「う、うむ。世界は広いのう……」

走り始めて約十分、ジーナも村長さんもようやく車のスピードに慣れてきたみたいだ。初めは一言もしゃべらずに青い顔をして無言だった。初めて車に乗る人はこういう反応になるんだな。

この道は舗装なんてされていないし、人もそれほど通らないせいか、キャンピングカーはだいぶ揺れる。以前に車体強化機能を拡張したけれど、振動までは軽減されないようだな。

ちなみに、昨日の夜に村の外までジーナについてきてもらい、連日使用してほとんどなくなってしまったアウトドアスパイスをキャンピングカーの中に置いておいたが、満タンに補給されていた。

予想通り例の調味料・香辛料補給機能は、このキャンピングカー内にある一番少ない調味料か香辛料を補給する機能で正解のようだ。

よし、これなら街へ行ってアウトドアスパイスを売っても次の日には補給されそうだな。

この世界で香辛料が高価ならば、アウトドアスパイスやコショウを売ってお金を稼ぐことなんかもできそうだ。


「……というわけで、これはキャンピングカーと言って、速く動かすことができる馬車のようなものなんだよ」

「な、なるほど……」

道中、キャンピングカーのことをジーナと村長さんに説明する。

「ふむ、つまりは己の魔力を使って動かす魔道具のようなものなのですね」

「ええ、そんなところです」

ジーナの方はまったくわからないといった様子だったが、村長さんの方は多少理解してくれた。

とはいえ、俺も車の詳しい仕組みなんて知らないので、魔力を使って走ることができる魔道具のようなもの、という村長の話に合わせた。

どうやらこの世界には、魔道具という魔力を使って様々な効果を得ることのできる道具があるらしい。俺のキャンピングカーもその魔道具ということにしておけばいいだろう。魔物使いと説明するよりもこちらの方がわかりやすい。

そして走りながら確認したところ、拡張機能のためのポイントが昨日の夜から1ポイント増えて2ポイントになっていた。昨日はまったく走っていないので、二日に1ポイント増える可能性が今のところ一番高い。もう二日経ってポイントが増えているかを確認したいところだ。

キャンピングカーで走らなくとも、二日に一回ポイントが増えてくれるのは本当にありがたい。

とはいえ、キャンピングカーで走らなければレベルアップの方はできないから、どちらにせよ走らなければならない。

「ホー！」

「シゲト、前方右斜めに魔物がおります！」

「了解！」

ブロロロロロ。

キャンピングカーのハンドルを少し左に回し、少しだけ道を逸れて魔物をかわしてから元の道へと進路を戻す。先ほどから、魔物がちらほらと姿を現している。

どうやらジーナもかなり目が良いらしく、キャンピングカーを走らせている間はフー太と同様、前方に魔物や障害物などが見えた時にはすぐに教えてくれる。二人のおかげである程度スピードを出しても、早めに危険な魔物や障害物を察知して回避できていた。

「……よし、予定通り行きそうだ」


走り始めてもうすぐ三時間が経とうとした頃。

「おっ、もしかしてあれが目的の街か？」

「は、はい、あれがオドリオの街です。し、信じられない……まさか本当にこんな短い時間で街まで来られるなんて！」

「ま、間違いないぞ！　歩いたら五日もかかる距離をたった数時間で走ることができるとは……」

ジーナと村長さんがほとんど同時に驚いている。

道の先に大きな壁が見えた。あれが街の外壁なのだろう。これだけ大きな壁ということは街もかなりの大きさで間違いない。

村からここまでの道のりはあまり人が通らないようで、大きな荷物を背負った商人のような人と、ファンタジーのアニメで見たような冒険者の格好をした三人組を追い抜いただけだった。

二組ともこの街に向かっていたようだが、きっと俺達が通り過ぎた後はポカンとしていたに違いない。

俺は街の入口から少し離れた場所にキャンピングカーを停めた。そして街の中に持っていくものをリュックに詰めていく。商店に売る予定である香辛料、もし香辛料だけでは足りなかった場合に高値で売れそうなキャンプギア、自分達の身を守るための護身用具を持っていくことにした。

ジーナ達とキャンピングカーを降りて、車体に触れて車体収納機能を発動させると、それまでそこにあったキャンピングカーの車体が一瞬で消える。

「や、やはり何度見てもすごいですね。あれだけ大きな魔道具が一瞬で消えてしまいました」

「……ふ～む、これほどすごい魔道具は初めて見たのう」

「さあ、街の中に入りましょう。あっ、でもフー太は街へ入らない方がいいのかな？　確か森フクロウは狙われる可能性があるんだっけ？」

「ホー……」

フー太がとても残念そうな顔をしている。だが、そっちの方がフー太にとっては安全だし、この小さな林がある場所で待ち合わせをした方が良いのかもしれない。

フー太は体を大きくすることはできるけれど、これ以上小さくすることはできないらしい。

「いえ、薬を売っている店も、物を買い取ってくれる商店も大きな通りにあるので、大丈夫だと思います。それにいざとなればジーナがおりますから」

「ジーナが？」

「ええ。ジーナの実力は、この街にいる腕利きの者にも引けを取らないと思いますよ」

「今度こそシゲトとフー太様を守ってみせます！」

「ああ。お願いするよ」

ジーナが強いとは聞いていたけれど、そんなに強かったのか……

言われてみると、確かに風魔法を使えていたし、あの巨体のディアクを正面から相手していた。

昨日村長さんに聞いたところ、この世界では魔法を使える適性のある人はとても珍しいようだ。元の世界で見たファンタジー作品のように、すべての人が魔法を使用できるというわけではないらしい。

……出会った時から森で迷って空腹で倒れたり、お腹がすいている状態で更にお腹がすく魔法を使ったりしたジーナ。どこか抜けているところしか見ていなかったから、ジーナがそんなに強いだなんて正直想像できない。

「それとフー太様はシゲト殿の肩から離れないようにお願いします。空を飛んでいると、街にいる他の者に捕らえられてしまうかもしれません」

なるほど、空を飛んでいると、野生の森フクロウと思われてしまうのかもしれない。

「ホー？」

「街にいる間は俺の肩から離れないようにな」

「ホー！」

やはりフー太は村長さんの話も理解することができないので、村長さんに代わって俺がフー太に伝えた。

さあ、いよいよ街の中に入るぞ。

オドリオの街の入口まで進み、そこにできている列に並ぶ。街へ入るには門番による検査を受けなければならない。

「次の者、こちらへ」

列に並んでからおよそ十分後、俺達の番が来た。

「こちらが私の分の通行証です。二人は付き添いの者なので通行証はありません」

「……ふむ、こちらは問題なし。残りの二人分で銀貨四枚だ」

「はい」

村長さんは税金を納める時や、農作物を売る際に街に入るため、通行証を発行してもらっていたようだ。一人銀貨二枚ということはだいたい二千円くらいか……妥当と言えば妥当なのかな。

「……それでそっちの森フクロウはどうなっているんだ？　見たところ鎖も付けていないのになぜ逃げ出さない？」

「よくわからないのですが、森で怪我を治療してあげたら、とても懐かれました」

俺は正直にフー太が懐いてくれた時のことを話した。

「森フクロウが人に懐くことがあるとはな……どちらにせよ通行証がない者は簡単なチェックをすることになっている。そっちで詳しい話をしてくれ」

「わかりました」

村長さんから聞いていた通りなので、俺とジーナは案内に従って別室へと向かう。

確かに俺達の前に並んでいた人のうち何人かは別室に案内されていたので、フー太がいるから特別にチェックするわけではないらしい。


俺とジーナは門番のチェックを受けて無事に街の中に入ることができた。

どんなチェックをされるのかと心配していたけれど、持ち物を簡単に確認したり、向こうからの質問に答えたりするだけだったな。

だが、もちろんフー太が俺の言葉を理解できることは話していない。

フー太を連れている経緯など、こちらの話をそのまま信じてくれたということは、もしかしたら嘘がわかるような魔法や魔道具があったのかもしれないな。

「おお～これはすごい！」

「ホホーホー♪」

外壁の中にはこれこそ異世界と呼べるような景色が広がっていた。門の前には道があり、大勢の人々や荷馬車が数多く行き交っているが、それでも十分に余裕があるほどの広さだ。

大きな荷物を背負った商人のような人、農作物をたくさん抱えた農民のような人、プレートアーマーを身につけて少し人相の悪い冒険者のような人など、とにかくいろいろな格好をした人々が歩いている。

いや、人だけではない。頭から耳を生やし、長い尻尾をパタパタと振っているネコの獣人、毛むくじゃらの髭面をした少し背の低いドワーフなど、人族以外の様々な種族がここには存在しているようだ。

街の様子はとにかく雑多であった。大きな家に小さな家、二階建ての家なんかもある。材質も石でできていたり木でできていたり、コンクリートのようなもので塗り固められているような家もある。

材料そのままの色の家や白色や茶色、はたまた赤色や青色といった派手な色で塗られた家もあった。

「さあ、まずは商店へ案内をお願いします！」

「うむ」

異世界の街並みに感動している暇はない。今はエリナちゃんを救うために早いところ薬を手に入れなければならない。異世界の街を楽しむなら、改めてまた来た時に楽しめばいい。

まずは薬を買うためにこの街で使える資金を集める。キャンピングカーでこの街へ向かっている最中、街に入った後のことはすでにみんなと話してある。

村長さん達がいつも農作物を売っている商店へと向かう。

村長さんがいつも使っている店ならば、多少の信頼関係はあるはずだ。そして、その商店はこの街でも大きい方で、一〜三番目とまではいかなくとも、四〜六番目には有名な商店らしい。

むしろ香辛料を高値で売るにはそちらの方が都合がいいかもしれない。もしあまりにも足元を見られるようだったら、一番有名な商店に売りに行くと駆け引きすることもできるからな。

「ここがいつも売買をしているエミリオ商会です」

村長さんの案内で、俺達は街中のとある建物の前までやってきた。目の前の建物は、この街の建物の中でも一際大きく目立っている。

「聞いていた通り大きな商店ですね」

「ええ、エミリオ商会はこの街でも有名な商会ですからね。商人や貴族ではなく、冒険者を主な客層として商売をしている商会なのです」

「なるほど、冒険者相手ですか」

どうやらこの世界には冒険者という職業があるらしい。商人や貴族相手に香辛料を売るよりも、冒険者を相手にしてくれる方が面倒ごとが少なそうだから、俺にとってはありがたい。

「これはリビド殿、お久しぶりですな。本日はいつものように野菜や魔物の素材の買い取りですかな？」

部屋に案内され、少し待つと四十代くらいの男の人が入ってきた。この人が買い取り担当の人なのだろうか。

「お久しぶりです、バロス様。いえ、本日はこちらの方を紹介させていただきたく存じます。彼はこちらのジーナの命の恩人でして、遠い国から旅をしているシゲト殿です。この度はエミリオ商会様に買い取っていただきたい物があるそうなので、一緒に参りました」

「はじめまして、シゲトと申します。かなりの田舎から参りましたゆえ、言葉遣いや所作《しょさ》について無作法がありましたら、ご容赦《ようしゃ》いただけますと幸いです」

「ほお、ずいぶんと礼儀正しいのですね。バロスと申します。それで買い取らせていただける物とはなんでしょうか？　もしかすると、そちらの森フクロウと関係があるのでしょうか？」

「いえ、違います！」

「ホー？」

フー太がバロスさんの言葉を理解できていないようで助かったよ。確かに街を歩いている時も通行人に結構見られていたし、やはり森の遣いであるという森フクロウが人に懐いている姿は珍しいようだ。

「買い取ってほしい物はこちらになります」

俺は村長さんに用意してもらった三つの容器に入っている香辛料を取り出した。それぞれの容器にはコショウとアウトドアスパイス二種類が入っている。

普段このコショウやアウトドアスパイスはプラスチックとガラス製の容器に入っているのだが、こちらの世界ではプラスチックやガラスの方が希少な可能性があるため、村で借りた陶器《とうき》のような容器に予め移し替えてある。

「ほお、これはなんでしょうか？」

「そちらがコショウ、そしてこちらの二つが俺の故郷で作られている秘伝《ひでん》の香辛料です。こちらの香辛料にもコショウが使用されています」

「コショウですって!?　いえ、失礼しました。商人ではなく、個人でこれだけの量のコショウを持ち込まれるのは珍しいことでして……失礼ですが確認させていただいてもよろしいでしょうか？」

「ええ、もちろんです」

バロスさんはコショウとアウトドアスパイスの香りを嗅いだり、ほんの数粒を口へ含んで味を確かめたりしている。

「……確かに本物のようですね。それもコショウの方はかなり品質が良く、こちらの香辛料二つについては、今まで味わったことのないもので、どちらも微妙に味が異なりました」

コショウについては、普通にスーパーで市販されているものだったのだが、こちらの世界では高品質なものらしい。

「すみません、こちらの交渉につきましては私ではできかねますので、会頭《かいとう》を呼んできます。大変申し訳ないのですが、このまま少しお待ちいただけますか？」

「はい……」

あれ、ちょっとまずいな。あんまり大事《おおごと》にはしたくないのだが……

いくらコショウが高価とはいえ、この商会のトップを呼ぶほどのことなのか？　もしかしたら商人でもない個人が持ってきたから問題だったのかな？

「大変お待たせしました、エミリオ商会の会頭を務めております、エミリオと申します」

部屋に入ってきたのは三十代前後の男性だった。長く美しい金色の髪を後ろで束ねている。この商会のトップということだから、でっぷりと肥えて白髪の生えたおっさんかと思っていたのだが、想像していたイメージ像とだいぶかけ離れていた。

スラリとした体形で、凝《こ》った造りだが決して派手すぎないお洒落《しゃれ》な服を着ている。お洒落にあまり詳しくない俺でもわかるこの人の服の着こなし。そして俺よりも高い身長でスッとした顔立ちのイケメン。きっとたいそうおモテになることだろうな。

「はじめまして、旅をしております、シゲトと申します」

「シゲト様、この度はわざわざエミリオ商会まで足を運んでいただきまして、誠にありがとうございます」

おっと、一介の旅人に商会のトップが頭を下げるなんて意外だな。

「おや、商会のトップが簡単に頭を下げるのはそんなに意外ですか？」

「……そんなに顔に出ていましたか？」

「私は今でこそこの商会のトップですが、昔はただの行商人でしたからね。その頃から大勢の人達と交渉をしてきたので、ある程度は交渉相手の考えていることがわかるのですよ。そして、私が頭を下げる理由も簡単です。商人たるもの利益のためならば、無料で下げられる頭などいくらでも下げるべきだからです。もちろん下げる相手は選んでいるつもりですがね」

「…………」

さすが行商人から商会のトップに立っただけのことはある。そして一応俺は、頭を下げてもいい相手くらいには思ってもらえているようだ。

「それでは早速買い取りの件について話をさせていただきましょうか。なんでもすばらしい品質のコショウと、見たこともないような香辛料をお持ちだとお聞きしましたよ」

「はい、実は買い取り価格についてお願いしたいことがございます」

「なんでしょうか?」

さあ、交渉を始めよう。

「買い取り価格についてはエミリオさんに決めていただきたいのですが」

「……買い取り価格を私にですか?」

「はい。正直に申し上げまして、私はこの国に来てからまだ日が浅く、お金の価値や相場もわからないのが現状です。普通に交渉しようとしても、エミリオさんが提示した金額に多少上乗せするくらいしかできません」

そもそもお金の価値や相場すらも知らないのだ。まともに交渉できるわけがない。それならば下手な小細工をせずに直球勝負だ。最悪例の特効薬を購入できるだけの金額があればいい。

……とはいえ、会ったばかりのこの人を完全に信用できるわけでもない。もしもぼったくられそうな金額なら他の商会に行けばいいだけだ。

「本当に私が決めてしまってもよろしいのですか？」

「ええ、お願いします。ただし一点だけ。今後も定期的に同じ物や他の香辛料の買い取りをお願いする前提で決めてもらえますか」

「……ふむ、こちらの香辛料や他の物を定期的に買い取らせていただける、ということですか？」

「ええ、月に一度くらいの頻度で同じ量を納めることが可能です。あ、仕入れ先を探らずに俺が売ったことは秘密にしておく、という条件も追加でお願いします」

本当はもっと用意できるのだが、あまりやりすぎると悪い輩《やから》に狙われてしまいそうだ。俺はこの異世界で争いごとに巻き込まれたくはない。のんびりとキャンピングカーで旅さえできればそれでいいのだ。

「……なるほど、これは大きな取り引きになりそうですね。すみませんが、私も確認してみてもよろしいでしょうか？」

「ええ、もちろんです」

「それでは失礼いたします……ふ〜む、この品質と香り、そしてこの風味。これならかなり高値で販売できそうですね。懇意《こんい》にしている貴族、そして高ランクの冒険者にも間違いなく売れる。そうなると売値と仕入値がこうなって……」

エミリオさんは真剣な眼差しで、自分の世界に入ってしまったようだ。今頭の中では必死に仕入値や売値などを計算しているのだろう。

「……シゲト様、それでは今回はコショウを金貨十五枚、そしてそちらの秘伝の香辛料も同様に金貨十五枚ずつでいかがでしょうか？　次回の買い取り金額につきましては、その際にご相談いただければと思います」

……まじか。思ったよりも高値で売れるな。これだけの量なのにその金額とは、この世界の香辛料は想像以上に希少なようだ。

合計で金貨四十五枚ということは、四十五万円相当である。これだけでは足りないと思って、リュックの中には他の調味料やキャンプギアを持ってきていたのだが不要だったらしい。

アウトドアスパイスがコショウと同じ価格なのは、他の食材と合わせるとどんな味がするかまだわかっていないからかな。

「ええ、そちらの金額でよろしくお願いします。思ったよりも高額だったので驚きました」

「本来ならばもう少し安く仕入れたかったのですが、定期的に納めていただけるとなれば話は別です。貴族や高ランクの冒険者に多少伝手はあるので、良い贈答品《ぞうとうひん》にもなりそうです。それにシゲト様とは長い付き合いになりそうな気がしましてね。実は、利益の出るギリギリの金額を提示しております」

「こちらとしても長い付き合いになると嬉しいです。それでは、お近付きの証《しるし》にこれをどうぞ」

俺はリュックの中から、黒っぽい液体が入っている小さな瓶を取り出す。

「シゲト様、これは？」

「こちらは俺の故郷で使われている調味料のタレになります。焼いた肉に付けるとてもおいしいですよ。液体のためあまり日持ちはしませんので、商品にするには少し難しいかもしれませんから、個人で楽しんでください」

これは焼肉のタレである。香辛料なんかが少ないこの世界では重宝されることは間違いないはずだ。

そして百均で買った小さな瓶もそのまま渡す。こちらの世界ではむしろこっちの容器の方が価値はあるかもしれない。

今後の俺自身のために、定期的に香辛料などを卸《おろ》してこの世界の現金を手に入れられる伝手は確保しておきたい。そのため念には念を入れて、長期的な商売相手となるエミリオさんに良い取り引き相手だと思わせる必要がある。

先ほどの様子を見ると必要なかった可能性もありそうだけれどな。あんまりこちらから渡しすぎると向こうが強硬手段をとってくる可能性もあるため、塩梅《あんばい》が難しいところではある。

「ありがとうございます。後ほど試させていただきますね。それでは金貨を用意して参りますので、少々お待ちください」

エミリオさんが部屋から出ていった。

「……ふう～、なんとかなったか」

緊張が解けて、俺は大きく息を吐きだす。

「す、すごいですね。金貨四十五枚なんて大金、初めて見ます。それにそんな高価な香辛料をあんなに掛けて食べてしまったなんて……」

「そこは気にしなくていいって。それで村長さん、今の香辛料の買い取り価格はそこまで悪い金額じゃないんですよね？」

「え、ええ。私も香辛料の相場についてはそれほど詳しくはありませんが、少なくともそこまでおかしな金額ではないかと思います」

村長さんもそう言ってくれているし、俺もあれだけ高ければまったく問題ないと思う。とはいえ、次回の取り引きまでにもう一店くらいには持ち込んで、妥当な値段なのか確認はしておきたい。我ながら疑り深い性格をしているよ。

とりあえず今は他の店に持ち込んでいる余裕もないので、特効薬の価格以上の金額で売れれば問題ない。

「それなら大丈夫です。これで特効薬が買えますね」

「シゲト。この度は本当になんとお礼を言ってよいのか……」

「ああ～ジーナ、そういうのはいいから。俺が自分自身のために、勝手にやったことだ。それにまだエリナちゃんが助かると決まったわけじゃない」

「……そうですね。ですが、それでもありがとうございます！」

そのあとエミリオさんが金色に輝く四十五枚の金貨を持ってきてくれて、無事に取り引きが完了した。

そして、そのまま村長さんの案内でドルダ病の特効薬を販売している薬屋へと向かい、金貨二十枚の特効薬を二つ購入して、キャンピングカーで村へと急いだ。

「シゲト殿、この度はなんとお礼を言えばいいのか……」

キャンピングカーで急いで村へ戻っている最中、後ろの座席に座っている村長さんから、先ほどのジーナと同様にお礼の言葉をもらった。

「さっきもジーナに言いましたが、俺が自分自身のためにしたことですから、気にしないでください」

「本当に感謝します。エリナの分のドルダ病の特効薬だけでなく、もう一つ余分にいただけるとは……」

コショウやアウトドアスパイスが想像以上に高く売れたことで、特効薬を二つ購入することができた。というのも、一つはエリナちゃんのためだが、もう一つは予備としてである。

ジーナの母親もこの病に倒れたと聞いていたし、何年かに一度とはいえ、村の人がこの病を患ってしまう可能性はそれほど低くないようだ。そして一度この病に罹ってしまえば、先ほどの街まで遠いあの村の人は助からない。

もうここまで来たら乗りかかった船だ。かなりの期間保存できる特効薬らしいし、もう一つは余分に購入しておいて、誰か別の人が発症した時に使ってもらうことにした。

もしもまた俺がこの村に来る時までに、誰かがドルダ病で亡くなってしまったら最悪だもんな。

うん、すべては俺の心の安寧《あんねい》のためである。

「よし、村までもう少しだ」

カーナビを見ると、ハーキム村まではもうあと少しだ。まだ日も暮れていないし、これなら十分に間に合うはずだ。

「シゲト、止まってください！」

「ホー！」

「……っ!?」

ジーナとフー太の声に反応してブレーキを踏む。

「きゃあっ！」

「ホー!?」

「ぬおっ!?」

急ブレーキを掛けたことで、慣性の法則によりみんなの体が前へと放り出されようとしたが、シートベルトをしていたおかげで、大事にならなくてすんだ。

やはり車に乗る時はシートベルトは必須だ。

「……みんな、大丈夫？」

「は、はい！　び、びっくりしましたが、怪我はありません」

「ホ、ホー……」

フー太の方もしっかりとジーナに抱きかかえられていたため、無事だったようだ。

「わ、私の方も大丈夫じゃ……」

後ろの座席に座っている村長さんも無事なようだ。

そしてジーナとフー太が俺よりも早く気付いてくれたおかげで、目の前にいるあれらへ衝突せずにすんだ。

「……あれはブラックブルの群れですね。ここから見えるだけでも二十匹近くいます」

停止したキャンピングカーの前方には、黒い毛並みをした牛の集団が村までの道の真ん中に居座っていた。街に行く時にはいなかったので、俺達がこの道を通った後にここへやってきたのだろう。

「結構な数がいるな。しょうがない。少し道を迂回しながら村へ向かおう」

ブラックブルというのは牛型の魔物で、元の世界の牛より少し大型かもしれない。キャンピングカーが近付いたのにまったく逃げ出そうとしない。

あれだけ大勢の群れで行動しているなら大丈夫だという考えなのか、危機感が足りていない魔物なのかはわからない。

カーナビもあって、道に迷う心配もないし、迂回して村を目指すとしよう。

「……まずいですね。こちらを敵として認識したのかもしれません」

「うわっ、マジかよ！」

ジーナの言葉で視線を前へと戻すと、何体かのブラックブルが立ち上がってこちらをじっと見てくる。異世界の牛はだいぶ好戦的なのか……

「ブラックブルはディアクほど強い魔物ではないのですが、あれだけの数がおるとかなりの脅威となります」

村長から見ても、あの数はやはり脅威のようで、後ろの座席からそう伝えてくれた。

「くっ、五、六体だけなら私でもなんとかなるのですが、あれだけの数がいると厳しいです。シゲト、私が囮《おとり》となります！　その間に村長と一緒に村へと戻り、エリナを救ってください！」

「ちょっと待てジーナ！」

「私なら大丈夫です、なんとしても逃げきりますから！」

シートベルトを外して、外に出て自分から囮になろうとするジーナ。

「そうじゃなくて。ちょっと待て！　試したいことがあるから、シートベルトを付けたまま大人しく座っていてくれ！」

「た、試したいことですか？」

先走りすぎだっての！　今はポンコツなところを見せている場合じゃないぞ。

「みんな、これから大きな音を出すから耳を塞いでくれ！」

「は、はい！」

「りょ、了解じゃ！」

「ホーホー！」

俺の指示通りに耳を塞いでくれるジーナと村長さん。フー太も両方の翼を器用に使って、可愛らしい両耳をペタンとたたんでくれる。

すでにブラックブルはキャンピングカーへ角を向け、唸《うな》りながらこちらを威嚇している。

俺はハンドルの中央を思いっきり押した。

パアアアアアン！

「きゃっ⁉」

「ぬおっ、なんじゃこの音は⁉」

「ホー⁉」

クラクションの音に驚いたみんなが声を上げる。たとえ耳を塞いでいたとしても、これだけの大きな音はすべてシャットアウトできなかったようだ。そして当然ながら、耳も塞がずにいたブラックブル達はたまったものではない。

「「「ウモオオ⁉」」」

キャンピングカーに向かって威嚇をしていたブラックブル達は、クラクションの大きな音に驚いて混乱状態になった。

パアアン、パアアン！

「「「モオオオ！」」」

何度かクラクションを鳴らしながら、キャンピングカーをゆっくりと前進させると、ブラックブル達は一目散に逃げ出した。

さすがにこの世界でこんな巨大な音は初めて聞くだろうから、そりゃ驚いただろう。

「シ、シゲト、これはいったい？」

「なんともすごい音じゃったな……」

「ホー……」

みんなもだいぶ驚いてしまったようだ。

「これはクラクションと言って、本来は警告のために使うんだけれど……魔物への威嚇にも使えるみたいだね」

本来クラクションは、見通しのきかない曲がり角や坂などで危険を知らせる警告音として使用するのだが、試した甲斐があった。

もちろんブラックブルがパニックになって、こちらに向かって襲ってくる可能性もあったから、いつでもギアをバックに入れて後退する準備はしておいた。

しかし、予想通りキャンピングカーのクラクションは相手を退けるのに十分な効果があったな。

あんな大きな音を初めて聞いたら、ビビッて逃げ出すのも当然だ。

これで道中の障害はなくなった。早く村へ急ぐとしよう！


「よし、村が見えた」

「ほ、本当にハーキム村とオドリオの街を一日もかからずに往復できたのですね」

「か、片道だけでも五日はかかる距離なのに、こんなことが可能じゃとは……」

「ホー♪」

最後の最後でブラックブルの群れに遭遇するというトラブルもあったが、なんとか日が暮れる前に戻ってくることができた。

ヘッドライトを点けたとしても、明かりがなく真っ暗なこの異世界の夜を走るのは非常に危険だ。障害物なんかも多いし、何より先ほどのように多くの魔物が生息しているからな。明るい内に戻ってこられて本当によかった。

村まであと少しというところで、キャンピングカーを収納して村へと急いで戻ってきた。

「村長！」

「それにジーナ達も……いったい今までどこへ行っていたんだ？」

村の入口には、俺がこの村に来た時と同じように門番のエイベンとベルクがいる。

「詳しい話はあとじゃ。エリナはまだ無事か！」

「あ、ああ。だけど村長もわかっているだろう。あと何日かすりゃあ、ドルダ病の赤い発疹が体中に広がってあの子は……」

「ちくしょう……どうしてまだあんな幼い子供が……」

よし、どうやらまだエリナちゃんは無事のようだ。ドルダ病は発症した数日後に命を落とすとは聞いていたが、それが子供も同じとは限らないからな。

「シゲト殿、こちらへ！」

「はい！」

「おっ、おい……」

エイベンとベルクに説明をするのは後回しにして、みんなと一緒にこの村の医者であるヨル婆の家へと急いだ。

「そ、村長。急に外せない用事ができたと、ジーナやシゲト殿と一緒にどこかへ出掛けていたはずでは?」

「はあ……はあ……」

「村長……」

「うう……エリナ……」

家の中には医者のヨル婆とエリナちゃん、そしてエリナちゃんの両親がいた。

エリナちゃんの息遣いは荒く、大量の汗をかいており、とても苦しそうだ。

そしてエリナちゃんの肌には、昨日までなかった赤い発疹が体中に出ている。

エリナちゃんの両親は、それぞれがエリナちゃんの手を両手で握りしめている。ずっとエリナちゃんに寄り添って泣いていたのか、その目からは涙が溢れて目尻は真っ赤に染まっていた。

「喜べ、エリナは助かるぞ!　ドルダ病の特効薬をシゲト殿が手に入れてくれたのだ!」

「ほ、本当ですか、村長!」

「うそ……シゲトさん、本当なんですか!?」

村長さんの言葉に驚きの表情を浮かべるエリナちゃんの父親と母親。

「はい。これをエリナちゃんに飲ませてください」

エリナちゃんの両親へドルダ病の特効薬を一つを渡した。この特効薬は粉薬で、意識が朦朧《もうろう》としているエリナちゃんに両親がなんとか飲ませてあげた。

「すう……すう……」

エリナちゃんに薬を飲ませてしばらくすると、先ほどまでの荒い呼吸がだいぶ落ち着いてきた。まだ汗は出ていて赤い発疹もそのままだが、このドルダ病の特効薬を買った薬屋の主人が言うには、次の日にはこの赤い発疹も治まるそうだ。

「すごい、エリナの呼吸が落ち着いてきた！」

「シゲトさん、本当にありがとうございました！」

「いえ、実はたまたまドルダ病の特効薬の材料をあらかた持っていたのです。残りの素材について集められるかがわからなかったのですが、村長さんとジーナに手伝ってもらい、なんとか手に入れることができました」

帰りのキャンピングカーの中で村長さんとジーナと話をして、ドルダ病の特効薬は街で購入したわけではないと話を合わせた。

この村の人達を信用していないわけではないけれど、キャンピングカーのことはできる限り秘密にしておきたいからな。

「なんとお礼を申し上げたらよいのか……ですが、ドルダ病の特効薬の素材はどれも高級な物だと聞いております。そんなものをいただいてもよろしかったのですかな？」

ヨル婆はドルダ病の特効薬について多少の知識があるらしい。まあ、あんな小さな粉薬で金貨二十枚もするんだから、その素材はかなり高価なものになるのは当然か。

「こうして出会ったのも何かの縁ですからね。でもまだ安心するのは早いです。エリナちゃんの呼吸は落ち着いたようですが、まだドルダ病が完全に治ったわけではないですから」

そう、エリナちゃんにドルダ病の特効薬を飲ませたが、まだ赤い発疹は残っているし、完全に治ったというわけではない。

むしろこの薬で治療できなければ、俺のせいということになってしまう。頼んだぞ、オドリオの街の薬屋のおっちゃん！

もしこれでエリナちゃんが治らなかったら、すぐに怒鳴り込んでやるからな。

その薬屋は村長さんやヨル婆がお世話になっている店だから、さすがに粗悪品を渡すような人ではないらしいけれど、俺からしたら初めて会った相手だからな。

特効薬よ。どうかエリナちゃんの病気を治してくれよ。

「……さすがに全然眠れないな」

「ホー？」

「ああ、ごめんフー太。大丈夫だよ」

すでに日は暮れて外は真っ暗になっている。

エリナちゃんにドルダ病の特効薬を飲ませてあげてから、症状は落ち着いたようだが、まだ安心はできない。とはいえ、すでに俺にできることはもう何もないので、晩ご飯を食べてそのまますぐにこの村で借りている家へと戻ってきて横になった。

できることはないと頭ではわかっているのだが、何時間も寝ることができずにいる。いつもならどんな場所でも眠れるくらい神経が図太い俺も、こんな状況ではなかなか眠れない。

「ホー♪」

「……ありがとうな、フー太」

俺を心配してか、フー太が大きくなって翼で優しく包み込んでくれる。

「フー太は温かいな……」

フー太に包まれると、ポカポカしてとても優しい気持ちになって、途端に睡魔《すいま》がやってきた。

# 第五章　新たな同行者

「……朝か。そうだ、エリナちゃんは！」

眩しい日差しが家の中に差し込んで目が覚めた。昨晩はエリナちゃんが心配でなかなか寝付けなかったが、フー太のおかげでいつの間にか眠ることができたようだ。

「ホー！」

フー太も起きたようで、いつもの定位置である俺の右肩へと乗ってきた。

家を出て、エリナちゃんがいるヨル婆の家へと向かう。

「シゲト！」

「ジーナ、エリナちゃんの様子はどう！」

「ホー！」

ヨル婆の家の前には多くの村の人が集まっており、その中にジーナがいた。

そして俺とフー太の姿を見つけると、こちらに走り寄ってきた。

「うわっと⁉」

ジーナはそのままの勢いで俺に抱き着いてきた。

「シゲト、エリナの赤い発疹が消えて、熱も下がって起き上がれるようになりました！　シゲトのおかげです！」

「本当!?　それはよかった！」

「ホー♪　ホホー♪」

どうやら昨日エリナちゃんが飲んだドルダ病の特効薬が効いたみたいだ。

「シゲト、本当にありがとうございます！」

「…………」

エリナちゃんが無事に回復したのは本当によかった。俺も一安心だ。

……ほっとしたところで、ようやく頭は冷静になって今の状況をより客観的に見られるようになってきた。

ジーナは女性にしては身長が高く、俺が少し視線を下げたところにジーナの美しい白銀色の髪がある。その白銀色の髪の間からはエルフ特有の長い耳が見える。そして何より、ジーナの柔らかな胸の感触が俺のお腹の辺りに伝わってくる。

このままでは、いろいろとヤバイ！

「……ジーナ、早速エリナちゃんに会わせてもらってもいいか？」

「はい、もちろんです！　あっ、ごめんなさい、シゲト！」

「いや、全然大丈夫だよ」

本当なら、このままずっと抱き着いていていてもらいたいところだが、いろいろな面でやばいからな。

ジーナも俺に抱き着いていることに気付いて、すぐに離れてくれた。

「エリナ、本当によかったな！」

「ああ、エリナ！　こんなに元気になって！」

「お父さん、お母さん！」

ヨル婆の家へ入れてもらうと、そこには涙を流しながらエリナちゃんを抱きしめている両親の姿があった。そしてその隙間から見えるエリナちゃんの肌は、昨日まであった赤い発疹が綺麗になくなっていた。

昨日まで苦しそうにしていたのが嘘のように、今では元気そうに自分の足で立っている。

それにしてもすごい効き目だな。病気の特効薬というのもうなずける効果だ。

オドリオの街の薬屋のおっちゃん、昨日は少しだけ疑ってすまん。

「シゲトさん！　娘が……娘がこんなに元気になりました！」

「シゲトさん、本当にありがとうございました！」

エリナちゃんの両親が俺に気付いたようで、涙を流しながら何度も頭を下げてきた。

「エリナ、シゲトさんがお前を助けてくれたんだぞ！」

「ちゃんとシゲトさんにお礼を言いなさい」

「シゲトお兄ちゃん、ありがとう！」

エリナちゃんは溢《あふ》れんばかりの眩しい笑顔を向けてくれた。それこそ昨日の苦労をすべて吹き飛ばしてくれるほどの笑顔だ。

エリナちゃんを助けることができて本当によかった。

これで、これからもご飯をおいしく食べられることは間違いないだろう。


「シゲト殿、改めてエリナを助けてくれて、本当にありがとうございました！」

「シゲト、本当にありがとうございました！」

エリナちゃんの体調が回復していることを確認した後、俺とフー太はジーナと一緒に村長さんの家へと呼ばれた。そして村長さんとジーナは俺に向かって頭を下げてきた。

「俺が俺のやりたいようにしただけなので、二人が気にする必要はありませんよ。村長さんもジーナも頭を上げてください」

エリナちゃんを助けようとしたのは俺の意思だ。二人が気にする必要はまったくない。

「で、ですが、あれだけ高価な香辛料を売ったお金でエリナを助けていただきました。村ではあれほどの大金を用意することができず……」

「さっきも言いましたが、俺がしたいことをしただけなので気にしないでください。ただ、見返りと言ってはなんですが、たまにこちらの村に寄らせてもらうと思うので、その際に寝床を貸していただいて、野菜を少し分けていただけると助かります」

「は、はい。そんなことでよろしければ、喜んで」

この村にとってはかなりの大金だったが、キャンピングカーの補給機能によって、毎日アウトドアスパイスなどの香辛料や調味料は自動で補給される。

つまり、実質無料でドルダ病の特効薬を手に入れることができたようなものだ。

お金はまた街で香辛料を売って稼げばいい。

「本当にそれだけでよろしいのですか？　あれだけのことをしていただいたのに……」

「さっきも言いましたが、俺がしたいと思ったからしただけなんで、それでいいんです」

やりたいことをやっただけなのだから、そこに見返りがなくてもまったく問題ない。むしろ野菜を分けてくれるだけで十分すぎるほどだ。

村長さんのおかげでエミリオ商会と繋がることができて、今後定期的に香辛料を買い取ってもらえるようにもなった。この世界のお金を入手できるようになったのはとても大きい。

「……シゲトは本当に優しい人なのですね」

「いや、ジーナ。優しいというわけじゃなくて、俺がやりたいようにやっただけだから」

あの時俺は一瞬とはいえ、キャンピングカーの秘密を話してまでエリナちゃんを助けるかどうか迷ってしまった。そんな俺は優しい人なんかじゃないし、ヒーローとは程遠い存在だということは自覚している。

「ふふ、やりたいようにやってエリナを救ってくれたのですから、やっぱりシゲトは優しい人ですよ」

「いや、そうじゃなくてだな……」

「ホー？」

ジーナの言葉が理解できないフー太も首を傾げている。

う〜ん。ジーナの中では、完全に俺を優しい人として認識してしまっているようだ。

俺だって打算とかはいろいろとあるのにな。

「それで、シゲト殿はこれからどうするのですか？　前にも言いましたが、シゲト殿がこの村に住むことを望んでくださるのであれば、もちろん歓迎しますが？」

「いえ、お気持ちは本当に嬉しいのですが、俺はこの国に来てからあまり日が経っておらず、この国のほとんどを見ていないです。せっかくなら、もう少しこの国を回ってみたいと思っています」

ほとんどどころか、オドリオの街しか回っていないもんな。まだこの異世界に来たばかりだし、せっかくキャンピングカーがあるんだ。いろいろとこの異世界を回ってみようじゃないか。

そして昨日わかったことだが、どうやらキャンピングカーのレベルアップに必要な距離は、新しい道を走らないと得られないらしい。

『レベルアップまで残り何キロメートル』という表示が、ハーキム村からオドリオの街への行きの道では少しずつ減っていって、オドリオの街へ着いた時点では残り約六百五十キロメートルとなった。

しかし、帰り道でその数値は一切減らなかった。まだ確定ではないけれど、おそらく新しい道を走ることによって得られる可能性が高い。

レベルアップするとどうなるのかを確認するためにも、新しい場所へ向けて旅立たなくてはいけない。

「とはいえ、一月後くらいにはまたこの村に寄るつもりなので、その時には心変わりしているかもしれませんし……その際はよろしくお願いします」

実際のところ、この先に何が待っているのかまったく未知だ。明日にでも魔物に襲われたりして、キャンピングカーが走れなくなってしまう可能性だってないわけじゃない。

そうなると近い将来、この村に住まわせてほしいとお願いする可能性は十分にある。

「ええ。もちろんその時は歓迎しますぞ！」

「はい、お待ちしておりますよ！」

「ありがとうございます」

「ホー♪」

うん、この世界では知り合いなんか一人もいなかった俺が、こうやってジーナやこの村の人達に出会うことができた。

それだけで俺にとっては十分だ。

「……ふ〜む、なるほど。シゲト殿は一月後、またこの村に寄っていただけるのですよね？」

何か思いついたかのように、村長さんが俺の顔を覗き込んでくる。

「えっ？　はい、エミリオ商会へもう一度行く予定なので、何かトラブルなんかがなければその予定です」

エミリオ商会とは定期的に取り引きをして、この世界のお金が欲しいし、今のところは一月後にまたこの村へ寄るつもりだ。

このキャンピングカーは燃料補給機能があるから、一日数百キロメートルは走ることができる。

この国がどれだけ広いのかは知らないけれど、カーナビもあるし、数日もあればかなり遠い場所からでも、ここまで戻ってくることができるだろう。

「それでしたらシゲト殿。どうかジーナを護衛として一緒に連れていっていただけないでしょうか？」

「えっ、ジーナを⁉」

「村長、なぜです！」

なぜか突然村長さんがそんなことを言い始めた。それにはジーナも声を上げた。

「確かにシゲト殿のキャンピングカーというものはとてもすばらしいものでしたが、シゲト殿自身はそれほどお強いわけではないのでしょう？」

「ええ、まあ……」

確かに俺の戦闘能力は、ないと言っても過言ではない。俺一人だったら魔物のディアクも倒せなかっただろうし、キャンピングカーで逃げるくらいしかできなかった。

「ジーナは少し……いえ、かなり抜けているところもありますが、その辺りの魔物や腕利きの者にも負けないほどの腕があります。森フクロウであるフー太様もいらっしゃることですし、護衛として同行して、今回の恩返しをさせていただけないでしょうか？」

「ホー？」

確かにオドリオの街でも多くの通行人や商店の人がフー太に反応していた。これからいろいろな場所へ行こうと思っていたが、言われてみると何かあった時に俺一人でフー太を守り切れる自信はない。

それより、村長さんからそこまで抜けていると言われてしまうジーナって……

「確かに俺一人ではフー太を守ることができないので、護衛をしてくれる人がいるととてもありがたいのですが……」

俺としても、魔物や盗賊なんかがいるこの異世界を旅するのに、腕利きの同行者を探そうと考えていた。だが、恩着せがましく、ジーナの意思に反してまで護衛をしてもらう気はないぞ。

「で、ですが、村長！　私はこの村で、私を育ててくれた村のみんなに恩返しをしたいです！」

「うぬぼれるでないぞ。たとえジーナ一人いなくとも、この村は大丈夫じゃ。それにこれも良い機会じゃ、一月の間シゲト殿と一緒に村の外の世界を見てくるといい」

「……」

なるほど、そういうことか。

前に村長さんと話した時、村長さんや村の人達はジーナに村の外を見て回ってほしいと言っていた。

ジーナはエルフでこの村に住む人達とは寿命が違う。この村で一生を過ごすのではなく、この広い世界を見てきてほしいという親心のようなものなのだろう。

「……俺としては願ってもない話ですけれど、ジーナが村にいたいと言うのなら、それを強要する気はありませんよ」

エリナちゃんのことは俺が勝手にやったことだしな。

「ふっふっふ、エリナを助けてくださったのに大した見返りを求めず、ジーナのことを考えてそのように言ってくれるシゲト殿になら、安心してジーナを任せることができます。ジーナ、村のことは考えなくてよい。それとも、シゲト殿と同行するのがそれほど嫌なのか？」

「いえ、とんでもない！　シゲトは私の命だけでなく、エリナの命も助けてくれました！　シゲトは優しくて本当にすばらしい人です、嫌なはずがありません！」

「あ、ありがとう……」

目の前でそんなことを言われると、ものすごく恥ずかしいのだが……

「では決まりじゃな。なに、一月後にはこの村に戻ってくるのじゃから、それほど深く考える必要はない。しっかりと護衛をしつつ、ジーナ自身も楽しんでくるとよい」

村長さんもなかなかの策士だな。嫌かと聞かれて、優しいジーナが嫌なんて言うわけはないだろうに。

「……シゲト、フー太様、一月の間ですが、お世話になってもよろしいでしょうか？」

「俺としてはとても嬉しいけれど、別に無理はしなくてもいいんだよ」

「いえ、本当に無理なんてしていないですよ。私もシゲトにいただいたたくさんの恩を返したいと思っていましたから！」

恩、か……

一月だけだし、護衛がほしいのも事実だ。遠慮なく村長さんやジーナの厚意《こうい》に甘えるとするか。

「それじゃあ、よろしく頼むなジーナ。フー太、少しの間だけど、ジーナも一緒に来てくれるってさ」

「ホーホー♪　ホー♪」

フー太が俺の肩の上で両方の翼を広げてとても喜んでいる。どうやらフー太もジーナが一緒に来てくれてとても嬉しいようだ。

「シゲト、フー太様、不束者《ふつつかもの》ですが、どうぞよろしくお願いします」

……いや、その挨拶はなんか違う気もするけれど。

◆◇◆◇◆

「それではジーナ、しっかりとシゲト殿とフー太様をお守りするのだぞ」

「はい、村長！　それでは行ってまいります」

そして次の日の朝、村長さんや村のみんなが村の入口まで見送りに来てくれている。

昨日の夜は村のみんなが盛大に宴会を開いてくれた。ジーナは村の人達一人ずつと抱き合い、別れを惜しんでいた。

こうやって温かな光景を見ると、村長さんの、この村はみんなが家族という言葉の意味が、しっかりと伝わってくる。

「……そうだ、シゲト。ちょっとこっちに来てくれ」

「うん？　どうした」

なぜかエイベンとベルクの二人に呼ばれ、俺はジーナと村長さんから少し離れた。

「……ジーナのやつは男にまったく免疫《めんえき》がないからな。いろいろと教えてやってくれ」

「んなっ!?」

「ホー？」

いきなりエイベンがとんでもないことを言い出した。

「うちの村にはジーナと同じ年頃の男が少なかったからな。それにジーナは小さい頃からうちの村で育ってきた大切な家族だから、恋人ができるような機会もなかったんだ」

ベルクも小さな声でそんなことを言う。確かにエイベンやベルクも含めて、この村にはジーナと同じ年頃の男の人は少なかった。

「ジーナのやつはエルフであの外見だからな。もう少し成長したらもっと綺麗になるだろう。どこぞのやつとくっつくくらいなら、シゲトとくっついてくれた方がいいだろ」

「ああ。そうなったら、シゲトも俺達の家族だ。おっと、とはいえ力尽くってのは駄目だからな！」

「まだ昨日の宴会気分のままなのか？　そんなことしたら間違いなく俺の方が返り討ちにあうだろうな……」

「はは、それもそうか」

「それじゃあシゲト、ジーナをよろしく頼むぞ！」

「フー太様もどうかお元気で！」

「……教えるとかはともかく、了解だ。エイベンもベルクも元気でな。また一月後には村に戻ってくるからよろしく頼む」

「ホー！」

エイベンとベルクと軽いハグをする。まったく、二人とも何を言っているんだか。

この二人とは特に仲良くなった。今度この村に来た時にはぜひとも酒を酌み交わしたいところだ。

「シゲトお兄ちゃん！」

「エリナちゃん、まだ治ったばかりなんだから、歩き回っちゃ駄目だよ」

「ホー！」

エリナちゃんとエリナちゃんの両親が村の入口まで見送りに来てくれている。

もう赤い発疹はすべて消え、無事に歩き回れるくらいに回復したみたいだ。

「シゲトさん、この度は本当にありがとうございました」

「娘の命が助かったのはシゲトさんのおかげです。このご恩は一生忘れません！」

「エリナちゃんが治ってよかったです。たまたま特効薬の材料を持っていただけなので、そこまで気にしないでください」

エリナちゃんの両親からは昨日何度も頭を下げられ、お礼を言われた。

「ジーナもエリナを助けてくれて、本当にありがとうな」

「気を付けて行ってくるんだよ」

「ええ、みんなも体には気を付けてください」

村のみんなには、ジーナが自分の意思で俺とフー太を護衛するのだと村長さんが説明してくれている。でないと、俺がエリナちゃんを助けた対価としてジーナを護衛に連れていくと思われてしまうからな。

その辺りについてはみんな俺のことを信じてくれた。ひとえに、エリナちゃんを全力で助けようとしたことと、この村に来てからの俺の言動の賜物《たまもの》だな。

「シゲトお兄ちゃん、ジーナお姉ちゃん、フー太様。また村に来てね、約束だよ！」

「うん、エリナちゃん。一月後にはまた村に来るからね」

「エリナ、何かお土産を持ってくるから良い子にしているんですよ」

「ホー♪」

うん、やっぱりエリナちゃんは笑顔が一番だ。

この子を助けることができて本当によかったよ。

この村に来てから短い時間だったけれど、本当に楽しく過ごすことができた。

一月後にまた必ず来るとしよう。

村のみんなに見送られながら、俺達はハーキム村を出発した。


「……よし、この辺りでいいか」

村から少し離れたところで、キャンピングカーを出す。このキャンピングカーのことについては村長さんとジーナ以外には秘密にしている。

キャンピングカーに乗り込み、オドリオの街へ行った時と同様に、俺は運転席、ジーナは助手席、フー太はジーナの上に座った。

「それじゃあジーナ、しばらくの間よろしくな」

「ホホー、ホー♪」

「はい！　こちらこそよろしくお願いします、シゲト、フー太様！」

キャンピングカーでの旅に、一月だけではあるがジーナが加わった。さあ、これからこの異世界を本格的に旅するとしよう！

「それじゃあ次に目指すのはロッテルガの街だ。今日中には着かないから、今日はどこかで泊まって休むとしよう」

「はい！」

「ホー！」

ロッテルガの街はキャンピングカーでもここから二日くらいかかる、オドリオの街よりも大きな街だ。

ハーキム村から一番近いのはドルダ病の特効薬を買いに行ったオドリオの街だが、エミリオさんと取り引きをしたばかりだし、森フクロウのフー太を連れて歩いてしまったからな。

下手をしたら俺達を待ち構えているやつらがいる可能性もゼロではない。

そこで、ここから距離がある別の街へ行ってみることにしたわけだ。

次にどこを目指すかを考えた際、やはりせっかくなら異世界の街に行ってみたいということで、村長さんからこの辺りで大きな街であるロッテルガの街の場所を聞いた。

目的にも合っているし、フー太もジーナも快く了承してくれた。

このキャンピングカーのカーナビ機能は、一度行ったことがある街や村でないと検索機能は使用できないが、手動でカーナビのマップを操作して、目的地をセットすることはできる。

村長さんから聞いた道をマップで追って、ロッテルガの街らしき場所を目的地に設定した。

「……よし、ポイントも1ポイント増えて、残りは3ポイントになっているな」

やはり二日前と同様に1ポイントが増えていた。どうやら二日に1ポイント増えるのは確定と見て間違いないだろう。

「そのポイントというのは、このキャンピングカーというものを強化するのに必要なものなのですよね？」

これから一月はジーナと一緒に行動するわけだし、このキャンピングカーのポイントのことについては説明をしておいた。

「ああ、そうだぞ。次はいよいよ自動修復機能を取るか」

このキャンピングカーには、ゴブリンに殴られた傷と、ディアクの突進を防御した時に凹んだ傷が残っている。何かあった時のために、機能を拡張するポイントを残しておきたいという気持ちはあるけれど、さすがにそろそろキャンピングカーの自動修復機能を取ることにした。

それに、この異世界の舗装されていない悪路を長い距離走ることになるんだ。見えないところでガタがきている可能性だってあるから、これだけは早めに取っておかないといけない。何せこのキャンピングカーは俺の生命線で、もしこれが壊れたら完全に詰んでしまうからな。

補給機能は夜のうちに発揮されていたので、この自動修復機能も夜のうちに行われるに違いない。

今日の夜までに何事もなければ、この機能を取ることにしよう。

「それじゃあ、ロッテルガの街へ向けて出発だ！」

「はい！」

「ホー♪」

アクセルを踏んでキャンピングカーを出発させる。ジーナもオドリオの街まで往復したことにより、多少はキャンピングカーに慣れてきたようだ。

それにしても、この旅へ出掛ける時のワクワク感は本当にたまらないよな！

なんたって元の世界ではなく異世界だ。余計にワクワクする。

オドリオの街へ向かった時は、エリナちゃんを助けるために必死だったから、景色なんかを楽しむ余裕はまったくなかったが、これからは楽しみながら異世界を回ることができる。

やはりエリナちゃんを助けることができて本当によかった。もしも彼女を見捨てていたら、こんな気持ちにはなれなかっただろうからな。


「よし、この辺りで昼食にしようか」

「はい」

「ホー♪」

ロッテルガの街を目指し、ハーキム村を出発してから三時間ほど経った。途中までは先日通ったオドリオの街へ向かう道を進み、途中から別の新しい道を進んでいる。

やはりレベルアップまでの距離は、今まで通ったことのない道をキャンピングカーで走ると減っていくようだ。ハーキム村に戻る時もできるだけ別の道を走るとしよう。

今日の道のりはとても順調で、一昨日のようなブラックブルの群れなどには遭遇せずにすんだ。そろそろお昼を回るので、一度落ち着いた場所に停めて昼食にしようと思う。

「さて、この辺りにするか、辺りには何もないからな。ジーナ、俺が昼食を作っている間、外で見張りをしてもらってもいいか？」

「ええ、もちろんですよ！　お任せください」

この辺りは広い草原となっているので、遠目からでもこのキャンピングカーは少し目立つ。停まって車内で料理をしている間に魔物の群れに囲まれたりするとまずいから、ジーナに見張りをしてもらうことにした。

「それじゃあテーブルとイスを準備するから、ちょっと手伝ってくれ」

「はい」

「ホー」

ジーナと一緒にキャンピングカーの外にテーブルとイスを準備する。

「それにしてもこのテーブルとイスは本当にすごいですね。こんなに小さく折りたためる上に、こっちのイスはとても座り心地がいいです」

「俺の故郷の折りたたみ式のテーブルとイスなんだけれど、なかなか便利なんだよ」

確かにこちらの世界の木でできたイスなんかと比べれば、最近のキャンプギアはとても座り心地がよく、折りたためて持ち運びもしやすいように作られている。この世界では明らかにオーバーテクノロジーだし、他の人に見せる時には十分気を付けないといけないな。

だけど、その分最新のキャンプギアは値段がお高いんだよね……

しかも新しいモデルが毎年のように販売されるので、マジでキャンプギアは沼なのである……

さて、今あるのはいろいろな種類の野菜と卵にディアクの肉、そしてパンか。お昼は手っ取り早く作れるものにしておこうかな。

「お待たせ。お昼は肉野菜炒めとパンだよ」

「とてもよい香りですね！」

「ホーホー♪」

三つの皿をテーブルの上に置き、パンの載った大きなお皿をテーブルの中央に置く。

「……っ!?　シゲト、なんですかこれは！　お肉と野菜を炒めただけなのに、とってもおいしいです！」

早速口に運んだジーナが、毎度のごとく驚きの声を上げる。

「ホー！　ホーホー♪」

「シンプルに肉と野菜を炒めただけだよ。ただ、味付けには中華スープの素という調味料を使ったけどね」

この肉野菜炒めの作り方は本当に簡単だ。切った肉と野菜を炒めて、塩コショウを少々、そして中華スープの素を加えただけである。

これは中華料理などでよく使われる万能調味料で、肉や野菜のエキスをベースに、醤油や香味油などで味が調《ととの》えられている。

スープだけでなく、炒めものやチャーハン、ラーメンなどに加えると、お手軽に本格的な中華料理の味付けができるのだ。元の世界ではいろんな名前で販売されていたな。

「あのアウトドアスパイスという香辛料を掛けて食べるディアクのお肉もとてもおいしかったのですが、こちらの味もとてもおいしいです！」

「ホー♪」

「確かにこっちもディアクの肉に合うね。それに村で採れた野菜も本当においしいよ。すごいな、今朝の採れたてだからなのか、こっちで採れる野菜だからなのかわからないけれど、俺の故郷で食べる野菜よりもおいしい」

どうやら中華スープの素で味付けした野菜炒めはジーナとフー太に好評のようだ。

ハーキム村でもらった野菜はキャベツやタマネギやニンジンなど、元の世界でよく見た野菜ばかりで、見た目もほとんど同じだ。

だけど、元の世界のものよりもみずみずしく味が濃くておいしい気がする。

キャンピングカーのアイテムボックス機能があれば、採れたばかりの食材をそのまま保存できるから本当に助かるな。

それに加えて、元の世界の調味料や香辛料が補給できて自由に使えるのはとてもありがたい。昨日と一昨日の夜には、オドリオの街で売ったアウトドアスパイス二つが補給されていた。

いきなりわけのわからないこの異世界へ飛ばされてきたが、チートなキャンピングカーが一緒だったのは本当に助かった。

「……よし、もうすぐ日が暮れるだろうし、今日はこの辺りまでにしようか」

午後もキャンピングカーで走り続け、少しだけ道を外れて川辺へとやってきた。カーナビによって、付近の川の場所がわかるのはとても便利だ。この川辺には大きな木なんかもあるので、日が暮れればこのキャンピングカーもそれほど目立たないだろう。

今日は結構な距離を進んできたので、レベルアップまで残り三百五十キロメートルとなった。ようやく半分を切ってくれたな。

今日のところは、道を走っていてもあんまり人には会わなかった。数組の商人と思われる人達としかすれ違っていない。

ちなみに、すれ違った人達はとても驚いた様子で、臨戦態勢を取られたりすることもあった。けれど、ジーナとフー太が早めに気付いてくれたおかげで、少しだけ道を逸れて避けることができたので、いきなり攻撃を仕掛けてくる人はいなかったから助かった。

この世界には魔道具というものがあるらしいし、このキャンピングカーもその一つだと思ってくれればいいんだけどな。

まあ、すれ違った人達とまた会う可能性はほとんどないだろう。

「やはりこのキャンピングカーは本当にすばらしいですね。あれだけの速度でずっと走り続けることができるなんて！」

「ホー！」

「一日に走れる距離の制限はあるんだけどね。それに森や川なんかは迂回しないと駄目なんだ。それでも十分にすごいと思うけれどね」

今日は大きなトラブルもなく結構な距離を走ったので、燃料を六割近く消費している。

「それじゃあ晩ご飯にしようか。少し待っていてくれ」

「シゲト、何か私にも手伝えることはないですか？」

「今日は肉と野菜を切るだけですぐに終わっちゃうんだよな。それじゃあ外にテーブルとイスを準備してもらってもいい？」

「はい、もちろんです！」

今日の晩ご飯の準備はすぐにできるので、ジーナには先に外でテーブルとイスの準備をしてもらう。

これまでは魔物などがいる外で食事をするのは少し怖かったが、ジーナが護衛として活躍してくれるので、多少は安心して外で食事をすることができる。

もちろん万が一に備えて、すぐにキャンピングカーの中に逃げ込んで走り出せるよう、キャンピングカーのすぐ近くにテーブルとイスを設置してもらった。

「さあ、晩ご飯はバーベキューだよ！」

「ばーべきゅーですか？」

「ホー？」

目の前にはバーベキューコンロがあり、すでに炭に火が付いている。数人用のバーベキューコンロは結構な大きさなのだが、キャンピングカーなら余裕で収納することができる。

俺も稀にだが複数人でバーベキューをすることがあるから、キャンピングカーに積んでおいたのだ。

「……切り分けられた肉と野菜があるので、ここで直接焼いて食べるということですか？」

「正解だよ。バーベキューは、一口大に切った食材をその場で焼いて味を付けて食べるんだ。自分の好きな食材を好きな焼き加減で食べることができるんだよ」

肉と野菜を切るだけのバーベキューだからと、手を抜いたというわけではないぞ。実はバーベキューを一緒に食べることによって、結構いろいろなことがわかったりするのだ。

この人はどれくらいの量を食べるのか、濃いめの味と薄めの味のどちらが好みか、嫌いな野菜や肉の種類はないかなどなど、一緒に食べる者の様々な情報を得ることができる。

しばらくはジーナとフー太と一緒に旅をすることになったし、二人の好みなどを把握しておこうというわけだ。

「こんな感じで、自分で肉や野菜を焼いて、こっちの小皿に入れた調味料を付けて食べるんだよ」

試しに俺がディアクの肉と野菜をバーベキューコンロの上に乗せて焼いていく。

調味料はキャンピングカーに元々積んであったレモン汁、アウトドアスパイス、塩とコショウ、そして、エミリオさんにも少し渡した焼き肉のタレがある。

やはりバーベキューと言えば、焼き肉のタレだよな。

焼きあがったディアクの肉に焼き肉のタレを付けて口へと放る。甘辛い焼き肉のタレとディアクの肉の脂が絡み合って非常に旨い！

「うん、やっぱりこのディアクの肉は旨い。野菜は少しだけ塩を掛けて食べるのがいいかもしれないな」

ディアクの肉は分厚く切ってステーキにしてもいいが、一口サイズに切ってバーベキューで食べてもいけるな。

野菜の方はタレに付けて食べるよりも、軽く塩を掛けるだけで野菜本来の味がよくわかって好きだ。これは元の世界の野菜よりもこちらの野菜の方がおいしいから、俺の好みに合うのかもしれない。

ジーナとフー太の方を見ると、とても羨ましそうに俺が味見をするのを眺めていた。

「ディアクの肉や野菜は山ほどあるからな。さあ、お腹いっぱい食べてくれ」

「……っ!?　シゲト、この焼き肉のタレというものは、今まで味わったことがない味で本当においしいですよ！　辛さや甘さ、それに酸味もあって、それがディアクの肉ととてもよく合っています！　それにこっちのアウトドアスパイスを掛けてもやっぱりおいしいですね！」

ジーナが焼いたディアクの肉を食べながら満面の笑みを浮かべている。

少し大袈裟かもしれないけれど、今まで味付けが塩だけだった人が、焼き肉のタレやアウトドアスパイスの味付けで肉を食べるとこうなるのは当然なのかもしれない。

「ホー♪　ホーホー♪」

「おお、フー太も旨いか。やっぱり焼いて味を付けた肉の方が好きなのか？」

「ホー！」

「そ、そうか。まあ、フー太が好きなら、それでいいか……」

力強く頷くフー太。

いちおう焼く前の生の肉を食べてもいいと言ったのだが、器用にその可愛らしいくちばしを使って肉や野菜を焼き、小皿に入れた調味料を付けて食べていく。

この世界のフクロウはグルメなんだな……

「しかし、このディアクの肉は本当に旨いな。確かにこれは多少危険だとしても、狩って食べたくなる味だ」

「ええ、狩りの難易度が高く、めったに食べられないご馳走ですからね」

ジーナが誇らしげに言うが、今のところ肉はこの肉しか食べたことがないからな。ロッテルガの街へ行ったら別の肉も購入してみるか。

二人は初めてのバーベキューの味に夢中になっているようだし、俺はいつも以上に警戒するとしよう。キャンピングカーを背面にテーブルやイスを組み立てているので、前方だけ気を付けておけばいい。

「す、すみません！　あまりにおいしくて、こんなに食べてしまいました！」

「ああ、気にせず好きなだけ食べてくれ。ディアクはジーナが狩ってくれたんだし、まだまだ肉はあるからな。それに食べられる魔物が出たら、ジーナがまた狩ってくれるだろ？」

「はい、任せてください！」

ディアクの肉は半分を村の人に渡したが、残り半分とはいえ三人で食べるにしてはまだまだたくさんある。それに、つい忘れそうになってしまうが、ジーナは狩人《かりゅうど》だ。肉が少なくなってきたら、何かを狩ってきてもらうとしよう。

……その際は道に迷ったりしないよう、俺とフー太も同行した方がいいかもしれないけれどな。

その後もジーナとフー太と一緒にバーベキューを楽しんだ。

ジーナは女性の割にかなり食べる方で、俺よりも食べていた。フー太も体の大きさの割にはよく食べていて、俺の半分くらいは食べていたな。俺も他の人よりは食べる方だし、どうやらこのパーティは食いしん坊がそろっているようだ。

それにしても、異世界でエルフのジーナと森フクロウのフー太と一緒にバーベキューをするとは、先週までの俺では考えられないことだった。

もちろんソロでキャンプをするのも好きなのだが、こうして誰かと一緒に食事を楽しむのも良いものだ。

「それじゃあ、シャワーの使い方を説明するよ」

「はい！」

スペースや水のタンクの関係上、シャワー室がないキャンピングカーも多いけれど、この巨大なバスコンタイプのキャンピングカーには当然シャワー室が付いている。

「こんな感じで、この蛇口というものを回すと、ここからお湯が出てくるからね」

「す、すごいですね!?　これは水魔法を使っているのですか？」

「いや、魔法とは別の力になるのかな」

お湯を沸かすのは電気を使用した科学となるが、水補給機能によってシャワー用の水が補給されるのは魔法ということになるのだろうか？　そもそもこのキャンピングカーの能力は魔法なのかすら謎である。


「ああ～気持ちが良いな！」

「ホー♪」

キャンピングカーのシャワー室にフー太と二人で一緒に入っている。

村では絞ったタオルで体を拭くだけだったから、しっかりと水を使って体を洗えるのはとても気持ちいい。

さすがに浴槽まではないけれど、この温水シャワーがあるだけで十分である。

「ホー⁉」

「これはボディーソープといって、体の汚れをとるものだよ。今日はちょっとだけ試してみようか」

モコモコと泡が出る様子に驚いているフー太。有害なものは入ってはいないと思うが、念のために今日は少し洗うだけにしておく。

フー太も温かいお湯を浴びるのは気持ちがいいようで、満足そうな顔をしている。

正直に言うと、キャンピングカーを購入したはいいが、シャワーを使う機会はほとんどないと思っていた。しかし、シャワーや風呂がなさそうなこの異世界で、温かいシャワーを浴びられるのはとてもすばらしいことだな。

ちなみに、このシャンプーとボディーソープも、キャンピングカーの拡張機能で補給できるようになっている。ただ、シャンプーとボディーソープは購入したばかりのものだし、緊急性の低いものだから、拡張するのはしばらくあとになりそうだ。

「気持ちよかったか、フー太？」

「ホー♪」

シャワー室から出て、タオルでフー太を拭いてあげる。フー太もとても満足してくれたようだ。

「ジーナ、お待たせ。使い方はさっき教えた通りだよ」

「はい、ありがとうございます」

このキャンピングカーにはシャワー室はあるが、更衣室のようなものはない。ドアを開けるとそのまま車内につながっているのだ。

いくらこのキャンピングカーが大きいとはいえ、そこまでスペースに余裕があるというわけではないからな。

そのため、ジーナには悪いが、俺とフー太がシャワーを浴びている時は運転席の方へ行ってもらい、仕切りカーテンを閉めてもらっていた。ジーナがシャワーを浴びている間は俺とフー太が運転席の方へと移動する。

シャアアアアア。

「…………………」

運転席の方にも意外とシャワーの音は響いてしまう。元の世界と違って、周囲が静かすぎるから車内の音が響くのか……

「ホー？」

「な、なんでもないぞ！　さあ、明日の進路や他の拡張機能についていろいろと検討してみよう！」

いかん、いかん！　これから一月は一緒に行動するんだからな！

変な気を起こすんじゃないぞ！

俺は雑念を振り払いながら、カーナビを操作して拡張機能や明日の行程について考える。

「シゲト、あのシャワーというものはとてもすばらしいですね！　温かいお湯が出て、とても気持ちがよかったです！　それにあのシャンプーとボディーソープというものにも驚きました！　見てください、髪がこんなにツヤツヤになりましたよ！」

「う、うん。わかったから、少し落ち着いて！」

シャワー室から出てきたジーナが、とても興奮した様子で俺の方に走り寄って、その美しい白銀色の髪を見せてくる。

ただでさえあまり女性に免疫がないうえ、シャワーを浴びたばかりのジーナからはなんだか良い匂いがしてくる。まだしっとりと濡れているジーナの髪がキラキラと輝いている。

俺が使う物だから、シャンプーやボディーソープは安物だったのだが、それでも全然関係ないみたいだ。

「す、すみません！　あれほどすばらしいものは初めて見たので、つい興奮してしまいました！」

確かに異世界の人がいきなりシャワーやシャンプーとボディーソープを経験したら、興奮する気持ちもわからなくはない。

「そんなに気に入ってくれたならよかったよ。念のために水の残量を確認してみるけれど、それが問題なかったらたぶん毎日使えるようになるからね」

今日は水や燃料をこの異世界に来てから一番使用した。水さえ補給されれば、毎日シャワーを浴びることもできるからな。

「毎日ですか！　それはとてもすばらしいですね！」

「ホーホー♪」

ジーナとフー太はとても嬉しそうだ。フー太もシャワーが気に入ったのかな。

「さあ、明日はロッテルガの街に到着する予定だから、今日は早めに寝ようか」

「はい」

「ホー」


「すう……すう……」

「…………」


車内からはジーナの寝息と思われる音が聞こえてくる。

ジーナは前回と同様に外で寝ると言っていたのだが、さすがに一月も一緒にいるわけだし、せっかく快適なキャンピングカーのベッドがあるのでジーナにも中で寝てもらうことになった。

見張りがいないのは少し心配だけれど、車体強化されたキャンピングカーはかなりの強度がある。ジーナもディアクの突進を受け止めたこのキャンピングカーの防御力を認めてくれたし、大丈夫だと信じたい。

とはいえ、不安がゼロというわけではないので、護衛のジーナには入口近くのベッドで寝てもらい、俺とフー太は一番奥の寝室のベッドで寝ることになった。

それにしても、同じ車内に綺麗な女性がいるというのはよく考えるとヤバイな……

フー太が一緒にいてくれて本当によかったよ。


ピピピッ。

「うう～ん」

耳元にあったスマホのタイマーが鳴り、俺は目を覚ました。

「ホー……」

「悪いな、フー太。すぐに終わるから」

隣にいたフー太もまだ眠そうにしつつ体を布団から出す。

今夜は大きくなっていないようだ。

うとうとしながら俺の肩に乗ってくれる。そんな様子もこれまた可愛らしい。というか、今更ながらフー太って夜行性じゃないんだな。

「すう……すう……」

「ジーナ、ちょっと起きられる？」

無防備にベッドで寝ているジーナを起こす。もちろんいきなり体に触れたりなんかはせずに声を掛けるだけだ。

「うう～ん、シゲトおはようございます。もう朝ですか？」

「いや、まだ真夜中だよ。悪いんだけれど、さっき言っていたことを試したいんだ」

「……ええ、そうでしたね」

声を掛けるとすぐにジーナは起きてくれた。

……それにしても、寝ている女性に声を掛けるのってめちゃくちゃ緊張するな。

さて、時刻は日付が変わる五分前だ。

「うん、今のところは水や燃料、調味料も補給はされていないな」

こんな真夜中にスマホのタイマーを設定して起きたのは、検証をするためである。

本格的にキャンピングカーで旅をすることになったわけだし、このキャンピングカーについてちゃんと知っておかなければならない。

補給機能は少しずつ補給されるというわけではなく、夜のどこかのタイミングで補給されているようだった。そこで、今後のために補給される時間を調べておくことにしたわけだ。

一番可能性がありそうなのは日付が変わるタイミングだろうということで、日付が変わる前に一度起きて、その時間に補給されるかを確認しようとしている。

もしも日付が変わった時に補給されなければ、次は三時くらいにもう一度起き、そのタイミングで補給されていたなら、次回は一～三時の間に起きるといった感じで検証を進めていくつもりだ。

「よし、もう少しで日付が変わるな。それじゃあ悪いけれど、ジーナは外でキャンピングカーの傷がどうなるかを見ていてくれ。外は暗くて魔物もいるかもしれないから気を付けてね」

「はい、わかりました！」

夕方に2ポイントを使用して自動修復機能を取ったのだが、すぐにキャンピングカーの傷や凹みが直ることはなかった。おそらく他の補給機能と同じタイミングで修復されると予想している。

そして、修復のされ方も夜の間にゆっくりと修復されるのか、一気に修復されるのかも気になるところだ。

同様に水や燃料なんかもどのように補給されるのか確認しておきたい。

「それじゃあ、フー太はテーブルの上にある調味料を見ていてくれ」

「ホー！」

フー太にはキャンピングカー内にある調味料の入れ物を確認しておいてもらう。

そして俺は運転席へ移動し、燃料のメーターを確認する。今日はかなり走ったので、残りは四割といったところだ。

「よし残り三……二……一……ゼロ！」

零時《れいじ》となり日付が変わる。そしてその瞬間に燃料のメーターが一気に満タンになった。どうやら燃料補給機能は日付が変わるのと同時に補給されるようだ。

ガソリンスタンドで補給をした時のように、エンジンを掛けて走らないとメーターが増えないというわけじゃないみたいだ。

「シゲト、すごいです！　キャンピングカーの傷が一瞬で修復されましたよ！」

「ホー、ホー！」

どうやらジーナとフー太の方にも動きがあったみたいだ。

「了解、順番に確認してみよう」

「なるほど、確かに綺麗に直っているな。よし、あとはキャンピングカーの中に入って確認しよう」

外に出てジーナと一緒にキャンピングカーを確認してみると、ゴブリンによって付けられた傷と

F

ディアクの突進によりできた凹みが綺麗に直り、新車同然になっていた。

他にも、この異世界の舗装されていない道を走ってできた細かい傷なども綺麗に直っている。こちらの世界の道は、小石や枝やらが本当に多いし、でこぼこしているんだよ。

それにしても、やっぱり傷一つない新車は最高だぜ！

長らく待たせてしまって本当にすまなかったな、相棒！

「燃料も日付が変わった瞬間にメーターが一気に満タンになったよ。水も同様だね。傷の方も同じだったんだね？」

「はい。本当に一瞬で綺麗になりました」

あとはどの程度の傷や故障だったら直るのか気になるのだが、さすがにこればかりは試してみるわけにもいかない。

「フー太の方もやっぱり日付が変わった瞬間にこうなったのかな？」

「ホー！」

俺の質問に頷くフー太。

ついさっきまで空っぽだった目の前のコショウの容器が、確かに今ではいっぱいになっている。

あと気になるのは、元からこのキャンピングカーに積んでいた調味料しか補給されないかだな。

それを確認するために、ハーキム村で小さな陶器の入れ物をもらって、中にほんの少しだけ村にあった塩を入れてもらった。

今日までで、ドルダ病の特効薬を購入するために売って空っぽになったアウトドアスパイス二つとコショウが補給された。

元々キャンピングカーに積んでいなかった調味料も補給できるなら、順番的には明日この塩が補給されるはずだ。これについてはまた明日の検証待ちだな。

もしもこれが可能なら、こちらの世界の希少な香辛料を増やせるので期待したいところだ。

# 第六章　ロッテルガの街

「んん……朝か」

目が覚めてカーテンを開けると、すでに日が昇っていた。昨日の夜はこのキャンピングカーの検証をするために真夜中に一度起きて、そのあとでもう一度寝た。

燃料なんかも予想通りの結果で、一気に満タンになっていたから、毎日かなりの距離を走れることがわかった。

この世界では夜にまともな明かりなどないし、道も荒れていて魔物という存在もいるから、夜は走らずに日が昇っている間しか走らないつもりだ。そのため、夜のうちに補給が完了するのはとても都合がいい。

「ホー」

「おはよう、フー太。さあ、朝ご飯の準備をするか」

俺が起きるとフー太も起きたが、ジーナはまだ寝ているようだ。ジーナを起こさないようにキャンピングカーのキッチンへと移動し、朝食の準備を始める。

キャンピングカーの車内はそれほど広いというわけではなく、料理をしている音は結構聞こえてしまうが、ジーナは起きなかった。ここ数日はいろいろなことがあったし、ジーナも疲れていたのだろう。

「ジーナ、おはよう。朝食ができたよ」

「ホー♪」

「……おはようございます、シゲト、フー太様。朝からとても良い香りですね」

目をこすってあくびをしながらジーナが起きてきた。

なんとなくエルフって朝に強そうなイメージがあったけれど、そうでもないようだ。

「昨日は夜に一度起こしちゃったけれど、そのあとはちゃんと眠れた？」

「はい！　というよりも、本当はシゲトとフー太様の護衛として、あまり寝ないようにしようと思っていたのですが、こちらのベッドというものがあまりにも気持ち良すぎて、ぐっすりと眠ってしまいました……」

そう言いながら、ジーナは恨めしそうに自分が寝ていたベッドを見る。

そうか、疲れていると思ったけれど、ベッドがあまりに気持ち良かったからぐっすり眠っていただけなんだな。

確かに村では布団を敷いて寝ていたが、少し硬くて寝心地はそれほどいいとは言えなかった。

それと比べると、このキャンピングカーのベッドはとても柔らかく、快適に寝ることができる。

どうやらそれはこの世界の住人であるジーナでも例外ではないらしい。

「昼間はずっと前を見て気を張っているんだから、夜はゆっくりと休んでいていいからな」

夜にエンジンも掛けていないこのキャンピングカーは、大きな岩みたいなものにしか見えないから、魔物が襲ってくることもない気がする。人に見つかったらまずいかもしれないけれど、カギは掛けてあるし、中には入ることができないだろう。

毎晩気を張って過ごすよりも、車体強化されたキャンピングカーを信じて、夜はしっかりと休んだ方がいい。

この世界だと運転中は障害物が多く、元の世界よりも気を張るため、俺も普段運転している以上に疲れてしまう。

「……わかりました。できるだけそうするようにしますね」

了解はしたが、完全に納得したというわけではなさそうなジーナ。

まあ、この世界だとすぐに警戒を解くのは難しいかもしれない。これについては少しずつ警戒を解いてもらえればいいと思う。

「今日の朝食はパンとサラダと野菜の肉巻きだよ」

朝食は村でもらったパンと生野菜のサラダ。そして切った野菜に薄いディアクの肉を巻いて焼いた野菜の肉巻きだ。

「とってもおいしいです！　こちらの野菜には味が付いているのですね！」

「ああ、ドレッシングと言うんだ。うん、なかなかいけるな」

残念ながらキャンピングカーにはドレッシングを積んでいなかったので、これは即席で作ったドレッシング。サラダ油にバーベキューの時に使ったレモン汁とアウトドアスパイスを混ぜたものだ。

シンプルだけれど、野菜を生のまま食べるよりもおいしい。様々な調味料を混ぜることでいろんなものの代用品となるので、やはり元の世界の調味料を補給できるのは本当に助かる。

「ホホー♪」

「おっ、こっちの野菜の肉巻きもおいしいな。やっぱり焼き肉のタレは万能だ」

こっちの野菜の肉巻きは切った野菜に肉を巻いて焼いて、仕上げに焼き肉のタレで味を付けたものだ。

だいたいの野菜はこうして食べると旨いのである。こちらの世界の野菜はとてもおいしいので、焼き肉のタレは少なめにして正解だったようだ。

理想を言えば、朝食はパンよりも米を食べたいところだけれど、米は残り少ないからな。補給機能はいろいろとあるけれど、残念ながら食材の補給機能はなかったので、米を補給することはできないのがつらい。

以前ジーナに聞いたところ、米というものを知らなかった。この辺りの地域に米はないのだろう。とりあえずロッテルガの街の市場《いちば》へ行ったら米がないか探してみよう。

「今日は昼過ぎには着けるといいな」

朝食を食べて片付けを終え、出発して数時間。

オドリオの街ではゆっくりと見て回ることもできなかったし、ロッテルガでは異世界の街を楽しむとしよう。

「……さて、街まであと数キロメートルだから、ここからは歩いていこう」

「はい、了解です」

「ホー」

時刻は昼過ぎ、今日も朝早くからキャンピングカーで移動をしてきて、レベルアップまでの距離はあと約百五十キロメートルになった。

やはりロッテルガは大きな街らしく、近付くにつれて人と多くすれ違うようになってきた。

さすがに、あれほど速く走ることができるキャンピングカーを見られることや、出したり収納したりできるということを知られるのは避けたい。

ハーキム村でもらったこの世界の服を着ているし、俺がそれほど目立つことはないだろう。

……まあ、白銀色の綺麗な髪をして顔立ちの整ったエルフのジーナと、森フクロウのフー太が一緒にいる時点で、目立たないということはないだろうけどな。

「おお、見えてきた！　すごいな、オドリオの街の外壁よりもだいぶ大きいぞ！」

「ええ！　それにここから見ても街の全体が見えないくらい大きな街ですね！」

「ホーホー！」

しばらく歩くと、先ほどカーナビで調べていた通り、ロッテルガの街が見えてきた。これは楽しみだな。

「ふう〜。とりあえず街の中まで入ることができたな」

「ここがロッテルガの街ですか！」

「ホー♪」

オドリオの街よりも大きなロッテルガの街には、訪れる人も多いようで、街へ入るまでにだいぶ時間はかかった。

森フクロウのフー太が俺の肩に止まっていることに門番の人達も驚いていたが、オドリオの街と同様にチェックを受けて、俺とジーナの分の銀貨八枚を納めて無事街の中へ入れた。ちなみに、この街の入場税はオドリオの街よりも一人当たり銀貨二枚多かった。

そしてロッテルガの街へ入って辺りを見回すと、ファンタジー世界の光景が広がっている。

オドリオの時はエリナちゃんを助けるために急いでいたから、街の景色をのんびりと眺めている余裕なんてこれっぽっちもなかった。

「オドリオの街よりも道が広くて、それに街の建物が綺麗に並んでおりますね」

「そうだな。それに建物も大きなものが多いぞ」

「ホー」

ジーナの言う通り、この街の道はそれこそ馬車が何台も並んで行き来できるほど広く、大きな建物が道に沿って規則正しく綺麗に並んでいる。これと比べると、オドリオの街の建物は雑多に並んでいるという印象だ。

それに建物も白色で統一されているため、見た目がとてもよく見える。

オドリオの街と同じで、街の住人はいろんな種族がいるし、どうやらこの国では種族による大きな確執《かくしつ》みたいなものはないみたいだ。

「それじゃあ、商会に寄る前に市場へ行って、腹ごしらえをしながらこの街の物価を調べてみるとしよう」

オドリオの街で香辛料を売ったお金の残りは、先ほど納めた入場税を引いて金貨四枚ちょっとだ。何を買うかにもよるけれど、次の場所へ行くまでの物資なんかを購入することを考えるとかなり心細い。

そのため、前回と同様に高価なコショウを商会で売って、多少のお金を確保する予定だ。それに、エミリオ商会で買い取ってもらったコショウとアウトドアスパイスが適正価格だったか確認する意味もある。

「わかりました！」

「ホホー！」

「へえ～この街の屋台街はすごいなあ」

「シゲト、こんなに大きな通りは初めて見ました！　それに、あちこちからおいしそうな香りが漂《ただよ》ってきています！」

「ホー！　ホーホー♪」

ジーナもフー太もこの街の屋台街のすごさに圧倒されている。俺もこっちの世界に来てからこんなに大きな通りを見たのは初めてだ。

「人が多いから迷子にならないようにね。それと悪い人達もいるかもしれないから、あんまり気を抜かないように注意してくれよ」

「は、はい、もちろんです！」

「ホー！」

これだけ人通りが多いと、一度はぐれたら見つけることができない気もする。

もしもはぐれた場合は、街の入口に集合すると決めているけれど、街も広いしジーナがそこまで辿り着けるのか少し心配になる。

フー太の場合は、悪い人達に狙われる可能性が高いから、絶対にはぐれてはいけない。ここまで大きな通りを通ってきたけれど、やっぱりジーナとフー太はだいぶ目立っているようだ。

さて、いろんな屋台があることだし、何を食べるか迷うところだな！

「おっ、こっちの串焼きも旨そうだ」

「シゲト、こっちのお店の料理もおいしそうです！」

「ホー♪」

「いくつか買うから、ジーナもフー太も落ち着いて！　さっきも言ったけれど、あんまり離れないでね」

ジーナは何度かオドリオの街には行ったことがあるようだが、こういった屋台街へ来るのは初めてらしく、おいしそうな料理が並んでいる屋台を見て、ものすごく興奮している。当然フー太もこんな光景を見るのは初めてのことだろう。

俺も子供の頃に初めて縁日へ行った時は、ものすごくはしゃいでしまったから、二人の気持ちもわからなくはないが、なんだか腕白《わんぱく》な子供を持った親の気分になるな。

ちなみに、ハーキム村にいた間にジーナと村長さんと話して、この一月の食費は俺が持つことに決めた。

ジーナは自分の食事は自分でなんとかすると言っていたけれど、俺も料理をするのは好きだし、フー太の分も作るわけだから、一人分増えても変わらないとそこは譲らなかった。

ジーナが道中で狩った獲物なんかは使わせてもらい、護衛もしてもらうわけだし、村の人達から野菜もたくさんもらったからそれで十分だ。

屋台の料理の値段は高くても銀貨一枚、約千円。いくつか買ってみんなでシェアするとしよう。

「うん、この肉はなかなかおいしいぞ！　さすがにディアクの肉ほどじゃないけれど、この値段でこの味は悪くないんじゃないか」

「こちらのスープもなかなかですし、こっちの蒸《む》した野菜もおいしいですね」

「ホーホー！」

屋台でいくつか料理を購入し、屋台街にあるテーブルに着き、料理をシェアしながら食べる。ディアクは高級肉というだけあって、臭みが少なく脂がのっていておいしかったが、この肉も悪くはないぞ。

確かイノシシ型の魔物の肉と言っていたが、あまり獣臭くはなく、弾力もあって旨い。

「……ですが、シゲトが作ってくれた料理の方がおいしいですね」

「まあ、それについては味付けの問題かな。どれもぜんぶ塩味ばかりっていうのもあるかもしれないね」

「ホー……」

確かに旨いことは旨いのだが、数種類の串焼きやスープ、蒸した野菜なんかも、すべて味付けは同じだったから少し飽きてしまう。香辛料が高価な世界のようだし、これについては料理の腕というより、調味料や香辛料の差といった感じかな。

とはいえ、肉の味もディアクとはまた一味違って旨かったし、異世界特有の肉や野菜なんかを味わうことができて満足だ。それにこういった屋台街をみんなで回るのはとても楽しかった。

「それじゃあ、次は香辛料を売っているお店を見てから、商会の方に行ってみよう」


「とりあえず当面の資金はなんとかなりそうだな」

「……本当に香辛料は高く売れるのですね」

「ホー♪」

屋台街で遅めの昼食を食べた後は、この街にある香辛料の店に行き、だいたいの値段を把握してから大きな商会へ向かい、コショウを一本分買い取ってもらった。

最初は容器の半分くらいにしようと思ったのだが、この街の商会はオドリオの街よりも大きくて数も多いので、これくらいの量なら大丈夫だろうという判断だ。

買い取り金額は金貨十二枚だった。エミリオ商会に買い取ってもらった金額は金貨十五枚だったから、やはりエミリオさんは今後のことも考えて高値で買い取ってくれたみたいだ。

今回も高品質な香辛料として買い取りたいと商会側から言われたけれど、会頭が出てくるようなことはなかった。

やはり大きな街だから、たまにこういった香辛料の持ち込みなんかがあるのかもしれない。俺としてはそちらの方が目立たずにすむので助かった。

だけど、最初はだいぶ足元を見られて、金貨八枚スタートだったからな……

それなら他の店に持っていくと伝えてから交渉が始まって、最終的には金貨十二枚での買い取りが決まった。

個人的にはこういう交渉事はあんまり好きじゃないから、もしも別の街の商会で売る時には、金貨十二枚で買うかどうかと、単刀直入に聞くのもありかもしれない。そして、それよりも高額で買い取ってくれるエミリオ商会に多めに卸《おろ》す方がいいのかもしれないな。

「それじゃあ、今日の宿を探そうか」

「はい」

「ホー！」

とりあえずは当面のお金を確保することができたし助かった。調味料・香辛料補給機能のおかげでこの世界のお金に困ることはなさそうだな。

次は今日の宿を決めておこう。

街の外に出てキャンピングカーを出してそこで泊まることも考えたのだが、また入場税を納めるのも馬鹿らしいし、この世界の宿がどのレベルなのかも一度は確認しておきたいという理由もある。

「それじゃあ、この辺りの宿にしようか」

「はい。宿に泊まるのは初めてなので、とても楽しみです！」

「ホー♪」

そろそろ日も暮れそうなので、早めに今晩泊まる宿を探した。

昼過ぎにこの街へ到着して屋台街を回ったけれど、まだまだ見てみたいお店がたくさんある。明日は朝からこの街を回ってみるとしよう。

屋台街のおっちゃん達に話を聞いたところ、この街の宿は安宿と普通の宿と高級宿に分かれているらしい。おおまかに言うと、食事は別で、安宿が一泊銀貨三枚、普通の宿が銀貨六枚、高級宿は金貨一枚ほどのようだ。

もちろん高級宿は上には上があり、身分の高い貴族が泊まるような宿は、たった一泊で金貨十枚もするらしい。

まず安宿については、エルフであるジーナと、森フクロウのフー太がいる時点で、セキュリティ的になしだ。

護衛としてジーナもいるし、この世界の宿のレベルが銀貨六枚でどれくらいのレベルなのかを確認しておきたいということもあって、今回は普通の宿に泊まることにした。

「すみません、二人とフクロウなんですけれど泊まれますか？」

「お、おう。大丈夫だぞ。二人分だと金貨一枚と銀貨二枚で、フクロウの分はいらねえか。それにしても可愛いフクロウだな」

この宿の受付をしているのは、四十代くらいの男の人だった。

どうやらフー太が森フクロウということはわからないみたいだな。もしかしたら都会では森の遣いである森フクロウはあまり知られていないのかもしれない。

「金貨一枚と銀貨二枚ですね。食事も別料金で食べられると聞いたのですが？」

「おう、うちの宿の飯はなかなか評判がいいぞ」

「それじゃあ、晩ご飯は三人分お願いします」

「はいよ、今部屋へ案内するぜ。この街へは観光か？」

「ええ、ちょうど今日の昼に到着したところです」

「そうか。ここロッテルガの街はこの辺りじゃかなり大きな街で、いろいろな人や物が集まってくるからな。それにしても、夫婦でフクロウを連れて観光たあ、羨ましいことだぜ」

「んなっ!?　べ、別にシゲトとは夫婦ではないです！」

宿の受付の人の発言に、ジーナが慌てて否定する。

「お、おう。そうなのか、それはすまなかったな……」

「ふ、夫婦というものはキ、キスをするものなのでしょう！　シ、シゲトとはそういう関係ではないです！」

「「…………」」

「ホー？」

顔を真っ赤にしながら夫婦ではないと全力で否定するジーナ。

最初は俺と夫婦に間違えられたことがそんなに嫌だったのかと思ったけれど、どうやらそうではないらしい。

というか、キスと言うだけでそんなに顔を真っ赤にするとか小学生か……

まったくエイベンとベルクのやつめ、何がいろいろと教えてやれだよ……それ以前の問題じゃないか……

「彼女は護衛でついてきてくれているんですよ」

「お、おう。すまなかったな、それじゃあ部屋はこっちだぜ」

「食事はもう少ししたらできるから、また呼びに来るぜ」

そう言うと、受付の人は下の階へ下りていった。

この宿は三階建てで、俺達が泊まる部屋は二階にあった。ハーキム村だと二階建ての建物すらなかったけれど、この街には二階建てや三階建ての建物も多くある。

今日はジーナとフー太と一緒の部屋に泊まる。一応ジーナにも確認したけれど、護衛をするから当然といった様子で同部屋を了承してくれた。

……というか、これまでジーナが女性なのにいろいろと無防備だった理由がようやくわかった。マジであの村ではまともな恋愛経験がなかったんだろうな。

それにしても、ハーキム村の人達は、そんなジーナをよく俺なんかに預けたものだよ……

もちろんジーナにそっちの知識がないからといって、変なことを教える気はまったくないけれどさあ……

「シゲト、これが宿なのですね！　部屋の中にたくさん物が置いてありますよ！」

「ホー♪　ホー♪」

当のジーナは、街の宿に泊まるのが初めてということで、部屋の中にあるベッドや家具なんかをいろいろと確認している。

確かにハーキム村の家は家具なんかも少なく、この宿の部屋に比べたら何もないものな。

フー太もキャンピングカーよりも広い部屋で嬉しいらしく、部屋の中を楽しそうに飛び回っている。

ジーナもフー太も田舎から初めて都会にやってきたような反応だ。

「普通ランクの宿でもこれくらいの広さがあるなら十分そうだ……でもやっぱりベッドはキャンピングカーの方が柔らかくて寝心地がよさそうかな」

「そうですね、あのとても柔らかく優しく包み込んでくれるベッドはすばらしかったです！」

「ホー……」

部屋の中にあるものを確認してみたけれど、やはり総合的に見てキャンピングカーの方が快適そうだ。それになんといっても温水のシャワーを浴びることができるのは大きいからな。

「うん、これはおいしい！」

「ええ、こちらのシチューはとてもおいしいです！」

「ホー！」

今晩の宿のご飯は、パンとたっぷりのクリームシチューだ。

パンについては、正直に言うと元の世界の柔らかく白いパンに慣れていた俺にとっては、少し物足りない味だったが、このシチューはとても旨い。

柔らかく煮込まれた肉と野菜が、ミルクと素材の旨みが溶け込んだトロミのある濃厚なシチューと合わさって最高だ。これでパンと合わせて銀貨一枚なのはすばらしい。

「うちの店のシチューはどうだい？」

「ええ、とてもおいしいです」

料理を持ってきてくれた四十代くらいの女将《おかみ》さんにそう答える。

さっき少し話をしたら、どうやら受付をしてくれた男性の奥さんみたいで、夫婦と数人の従業員でこの宿を切り盛りしているらしい。

「それはよかった。他のお客さんにも人気なんだよ。はい、ご注文のエールと串焼きと干物だ」

「ありがとうございます！」

そう、この宿のメニューにはお酒があったのだ。エールというお酒が一種類だけだが、それでも異世界で初めて飲むお酒だ。

「これがお酒ですか……！」

「ホー！」

ジーナの村ではお酒を造ってはおらず、街でも購入しなかったようなので、お酒を見るのは初めてのようだ。

初めてのお酒ということで、一杯だと多いから俺の分を少し分けることにした。

そして、なぜかフー太もお酒に興味があるらしい。さすがにフー太にお酒はどうなんだろうと思いつつ、フー太自身が飲みたいようなので、ジーナと同様にほんの少しだけ別のコップに分けてあげた。

ちなみに、フー太が席で一緒に食べたり飲んだりすることは、さっきの女将さんに了承を取ってある。

「ジーナもフー太も無理をして飲まなくていいからね」

「はい、村長からお酒はたくさん飲むとよくないものだと聞いています」

「ホー！」

まあ、ほんの少しだからさすがに大丈夫だとは思うけれど、一応言っておかないと。

無理にお酒を飲んだり飲ませたりするのは、ダメ。ゼッタイ。である。俺もお酒は好きな方だが、今日はこの一杯だけにしておく。

明日もまたこのロッテルガの街を回るし、キャンピングカーで移動をするかもしれないから、たくさん酒を飲むわけにはいかない。それにこの世界の酒はどれくらい強いのかまだわからないもんな。

目の前の木のコップに注がれているエールというお酒は、名前からわかる通り元の世界のビールと同じものだ。

ビールの香りがしっかりとしている。元の世界で普通に飲んでいるのはラガービールで、ビールの起源となったのがこのエールビールだと聞いたことがある。

確か材料は同じだけれど、酵母と発酵の方法が違うんだっけかな。さて、こっちの世界のお酒の味はどんなものかな。

「……うん、なかなかいけるな！」

この世界の文明レベルから、本当にちゃんとしたお酒なのかと不安だったけれど、しっかりとしたお酒の味がする。ただ、元の世界のいわゆるスッキリとした喉越しの良いビールというわけではなく、香りが豊かで深い味わいのあるビールといった印象だろうか。

しばらくの間お酒を飲めていなかったということもあるけれど、それを差し引いても十分いける！

あえて言うならば、もう少し冷えているとさらにいいということかな。

これなら市場でお酒を購入して、キャンピングカーで冷やして飲める。

よし、明日市場へ行った時に探してみよう。

「あまりおいしいものではないですね……」

「ホー……」

「まあ、お酒はそういうものだからね。こっちの果汁のジュースもおいしいから」

どうやらジーナもフー太もお酒はあまり好きじゃなさそうだ。俺も最初にビールを飲んだ時には、そんなにおいしいとは思えなかったもんな。

「いやあ、おいしかったな」

「はい、特にこのシチューがおいしかったです！」

「ホー♪」

シチューといろいろな料理を食べて、お腹がいっぱいだ。

やっぱり初めて来た土地のご飯はつい食べすぎてしまう。香辛料が高価な世界だったから少し心配していたけれど、これなら全然満足だ。

「気に入ってくれたようでよかったよ」

普通のお客さん以上にご飯を食べた俺達を見て、この宿の女将さんも満足そうだ。

「あっ、ちょっと聞きたいんですけれど、この街の近くで有名な観光地だったり、おいしい料理が有名な場所はありませんか？」

「そう言えばお兄さん達は観光をしていると言っていたね。この辺りだと、この街から北西の方に進むと小さな村があって、その近くの森の中にある大きな滝が有名だよ。それと、そこからさらに北へ進むと大きな湖があるね。そこで獲れるいろんな魚を使った料理は絶品だよ」

「おおっ、それは良い情報をありがとうございます！」

「だけど、湖の方はちょっと遠いから、馬車でいかないとかなり時間がかかるからね」

「わかりました」

距離についてはキャンピングカーがあればまったく問題ない。この街の次にどこへ行こうか考えていたところだし、明日市場を回りつつ、次の目的地についても調べてみることにしよう。

◆◇◆◇◆

「ふあ～あ……」

目を開けると、そこには木製の天井があった。

そうか、昨日はロッテルガの街の宿に泊まったんだっけな。宿の中という安心感もあってよく眠れたみたいだ。

「ク～ク～」

ベッドが二つある部屋を頼んだので、俺はフー太と一緒に寝ていたが、今日も寝ている間に大きくなったようだ。相変わらずフー太はもふもふしていてあたたかいなあ……

なんかもう、冬場のコタツか布団くらいの快適さがあるぞ……

今日は急ぐ必要もないし、このまま二度寝しちゃおうかな。こっちの世界に来て、元の生活に縛られることがなくなったからできることだ。

「ホー……」

と思っていたら、フー太もちょうど目を覚ましたようだ。

しょうがない、それなら起きるとしよう。

「おはよう、フー太」

「ホー！」

さて、まずはジーナを起こして宿の朝食を食べてから、またこの街を回ってみよう。


「朝食はパンとスープとサラダだったな」

「はい。ですが正直に言うと、そこまでおいしいというわけではなかったです……」

「ホー……」

ジーナもフー太も宿での朝食はいまいちだったらしい。確かにパンはともかく、野菜はとてもおいしいのだが、やはりスープやサラダの味が薄い塩味だけなのはちょっと厳しい。

かといって、屋台で購入した料理ならまだしも、宿の食事処で出てきた料理に勝手に香辛料を掛けるのもちょっと非常識だもんな。

宿の人に確認すればたぶん大丈夫だったと思うけれど、昨日泊まったばかりだったし。

「香辛料や調味料が高価な国だと仕方がないのかもね。それじゃあ、昨日回れなかったお店に行ってみようか」

「ええ」

「ホー」

宿を出て大通りをジーナとフー太と一緒に歩く。

まずやってきたのは、この街のそこそこ有名な鍛冶屋《かじや》だ。

「おお、これはすごい！」

「ここが鍛冶屋ですか！　オドリオの街の鍛冶屋よりも大きいですね！」

「ホー♪」

昨日泊まった宿の女将さんに、事前にいろいろとおすすめの店を聞いておいた。大きな建物で、屋根に付いた煙突《えんとつ》からはモクモクと白い煙が立ち上っている。

当然元の世界では、実物の武器なんて博物館に展示してある昔の剣や刀くらいしかなかったから、実際に見られるとなるとテンションが上がる。

店の中へ入ると、人族の店員さんがいた。店の奥にある鍛冶場が少しだけ見えたが、そこにいたのは、背は低いがずっしりとした体格をしたヒゲだらけのドワーフだった。

カーン、カーンと槌《つち》を振るって金属を打つその姿は、なんだかとても格好よく見える。

俺は戦闘をする気なんてまったくないけれど、一応この世界の武器を見ておいた方がいいと思って寄ってみた。それに武器ってなんだか男心をくすぐるよね！

「様々な種類の武器があるみたいだね。ジーナが使う武器はナイフとロングソードでいいのかな？」

「はい、狩りをする時は遠距離からナイフを投擲し、接近戦ではこのロングソードを使ってます」

ディアクと戦っている時も、ジーナはいつも腰に差しているロングソードを使っていた。ナイフは少し歪な形をしていたが、ロングソードはなかなかのものだと聞いている。

もしも良い武器や防具なんかがあれば、今後のために買ってあげるのもありかとも思ったが……さすがにこれでは手が出せない。ロングソードなんかは安くても金貨数十枚からだ。

この店はちょっと高級な店と聞いていたけれど、やっぱりなかなかの値段をしているな。こちらの世界だと金属が貴重なのか、あるいはこの店の人の剣を打つ技術が優れているのかもしれない。

ナイフならまだ購入できる値段だったけれど、この品質ならキャンピングカーに積んであった薪割り用のナタと料理用の包丁とナイフの方が切れ味はいいだろう。

結局この鍛冶屋では何も購入せずに、俺達は店を出た。

「これが魔道具か」

「ホー！」

鍛冶屋に続いてやってきたのは、この街の魔道具屋だ。

この世界には魔道具というものが存在する。その用途や値段は本当に様々で、魔法を使えない者でも使うことができる魔道具もあるらしい。

「本当にいろいろな魔道具があるのですね……」

ジーナの言う通り、様々な種類の魔道具が飾ってある。

火を付ける魔道具なんかもあったけれど、金貨十枚もする。この世界にはライターもガスコンロもないし、火を付けるだけでも苦労しそうだもんな。

他にも小さな魔道具から一メートルくらいの大きさの魔道具まであったが、さすがにキャンピングカーみたいな魔道具は売っていなかった。

まあ、当然と言えば当然なんだけど。

やはりキャンピングカーのことは秘密にしておいた方がよさそうである。

走っている間に道ですれ違う人にはどうしても見られてしまうけれど、二度と会うことがないと割り切るしかないか。

別に悪事を働いているわけじゃないし、物珍しさだけで指名手配されることはないだろう。


「見ているだけでもとても面白かったですね」

「ああ、本当にいろいろな魔道具があって面白かったよ。また別の街に行ったらのぞいてみよう」

「ホー♪」

結局魔道具屋でも何も購入せずに店を出た。

戦闘用の魔道具もあったけれど、かなり高額だったし、今はどちらにせよ購入できない。

手が届く値段だと、調理用の魔道具なんかがあったが、キャンピングカーにあった調理道具の方が高性能だった。

魔道具にはとても興味をそそられたから、何か一つくらい購入したいけれど、手頃な価格でほしい魔道具がなかったからな。

魔道具屋を見るのはとても楽しかったし、別の街に行った時も時間があれば寄ってみるとしよう。何か掘り出し物があるかもしれない。

「それじゃあ市場へ行って、いろいろと必要なものを買っていこう」

「はい」

「ホー！」

これでこの街で行きたいところは一通り見て回れた。

あとは市場で食材や必要な物を購入しつつ、また屋台街で腹ごしらえをしてこの街を出るとしよう。

「それにしてもこの街は人が多いな」

「ええ、さすが大きな街ですね」

「ホホー！」

この街の通りは、どこもかなり広くて人通りが多い。さすがに元の世界の都会と比べたらそこまでではないが、それでも多くの人が行き交っている。

「はあっ！」

ヒュンッ！

「ぎゃあああ！」

「えっ、ちょっ⁉」

「ホー!?」

街中を歩いていると、突然隣にいたジーナが俺の背後に向けていきなり剣を振るった。

そして後ろから男の大きな悲鳴が付近に響く。

何が起こったのか、まったく理解ができなかった。

「痛え、痛えよお……」

「ちょっと、ジーナ。いきなりどうしたの!?」

振り向くと、そこでは一人の男が地面でのたうち回っている。その男の両腕は明らかにおかしな方向へと曲がっていた。あれはどう見ても折れている。

「この男がフー太様を襲おうとしておりました。剣を抜いてもよかったのですが、村長からなるべく街中では剣を抜かないように言われておりましたので。とりあえず鞘《さや》で打ったのですが、これでよかったでしょうか?」

「……へっ?」

ジーナがいきなり暴れ始めたのかと思ったけれど、どうやら後ろから襲おうとした盗人からフー太を守ってくれたようだ。

のたうち回っている男の横には大きな袋があった。おそらくフー太をあの袋に入れて連れ去ろうとしていたのだろう。

ジーナとフー太は注目されているから、比較的大きな通りを歩いてきたのだが、まさかこんな白《はく》昼堂々攫《ちゅうどうどうさら》おうとするやつがいるとは思わなかった。

「あ、ああ……剣は抜かなくて大丈夫だよ、ありがとう。いきなり後ろから襲ってきたのに、よく気付いたな」

「これでもシゲトとフー太様の護衛ですからね！　それに森の中では気配を消した魔物が襲ってくることもありますから」

「…………」

すごいな、俺は誰かが近付いてきたことすらも気付いていなかった。ジーナの戦闘を見るのはディアクと戦って以来だけれど、対人戦だとこんなに強かったのか……

その割に森で迷ったり、抜けているところが多いから、とてもそうは見えないんだよな……

それにしても、剣を抜いていたら、間違いなくこの男の両腕はスパッといっていただろう。

この国の法律がどうなっているかわからないから、いきなり腕を斬り落としていたらまずかったかもしれない。

村長さんグッジョブ！

「ホー♪」

「フ、フー太様！」

フー太が俺の肩からジーナの肩に飛び移り、頭をジーナに寄せている。たまに俺にもやってくるが、あれは嬉しい時や感謝している時の行動だ。

どうやらフー太は、俺の言葉からジーナが助けてくれたことがわかったらしい。

「ううう……」

……さて、両腕が折れてのたうち回っているこの男はどうしたものかな。

「よし、必要な物も買えたし、次の目的地まで移動するとしようか」

「はい」

「ホーホー」

その後、周りにいた人から話を聞いたところ、これくらいの怪我なら正当防衛が認められるので問題ないとのことだった。現場を目撃していた人もいたので、盗人の身柄は無事にこの街の衛兵に引き渡されたらしい。

念のため聞いておいたのだが、腕をぶった切っていたとしても問題はなかったそうだ。う〜ん、やっぱりこの文明レベルの世界だと、犯罪者にはだいぶ容赦がないらしい。まあ、当然と言えば当然なのか……

それから俺達は市場へ寄って、食料や必要な物を購入してきた。街の中ではキャンピングカーを出してアイテムボックスに収納することができないため、持ってきていたリュックに入れ、街を出て、少し離れたところでキャンピングカーを出す。

もちろん、あんなことがあったから、尾行されていないか十分に気を付けて街を出た。やっぱり森フクロウのフー太は狙われることがわかったし、俺一人じゃなくて本当によかった。

ちなみに、先日ハーキム村でもらった塩は補給されていなかった。どうやら補給される調味料と香辛料は、元々このキャンピングカーに積んであった物に限られるようだな。

「それじゃあ、次の目的地はフェビリーの滝だ」

街でもいろいろと聞き込みをして、ジーナとフー太と相談をした結果、次の目的地はフェビリーの滝に決定した。

フェビリーの滝はここから三日くらい歩いた先にある、フェビリー村にほど近い森の中の巨大な滝らしい。この国でも有数の観光名所となっているようで、その巨大な滝の落差は相当なものだそうだ。

滝と言えば、元の世界だと小学生の時に修学旅行で行った、日光《にっこう》の華厳《けごん》の滝《たき》くらいしか見たことがない気がするな。

どんな場所か今から楽しみだ。

徒歩で三日くらいだと、キャンピングカーの速度なら数時間もあれば到着するだろう。

ただ、ゆっくり買い物をしていたのですでに昼過ぎ。

今日は村の近くまで進んで一泊し、明日村に行くのがいいだろう。

「それじゃあいつも通りカーナビに位置情報を手動で入力してっと……」

カーナビのマップを操作して、街で聞いたフェビリーの滝の近くにある村へピンを留める。

「今日はそれほど距離がないからゆっくりと走るけれど、また障害物や人がいないかの確認を頼むね」

「はい、もちろんです！」

「ホー！」

これまでの道のりでわかったが、ジーナとフー太の視力や動体視力は俺よりもだいぶ優れている。特にこの世界では大きな岩や倒れた木があったり、魔物なんかも生息していたりするからとても助かる。

さあ、次の目的地へと移動だ！

# 第七章　フェビリーの滝

「よし、今日はこの辺りで泊まって、フェビリー村には明日の朝から行くとしよう」

「はい」

「ホホー」

二時間ほど走ったところで、目的地であるフェビリー村から少し離れた場所までやってきた。

道を外れたこの場所に川はないけれど、大きな岩があったので、その裏側にキャンピングカーを隠して多少は目立たないようにしておく。

少なくとも道からは少し外れた場所だから、人は来ないだろう。来るとしたら魔物だけだ。

「今日はちょっと早く移動が終わったから、いろいろとやってみたいことがあるんだよね。ジーナも協力してくれる？」

「ええ、もちろんですよ」

「ホー？」

「フー太にはちょっと難しいかな……あとで俺の方をできたらちょっと手伝ってくれ」

「ホー♪」

昼に街を出てからここまで来るのに二時間かかったけれど、まだ午後三時半くらいで日が暮れるまでに結構な時間がある。今後のためにいろいろとやりたいことがあるから、今日はそれをやってみよう。

「これを振ればいいだけなのですか？」

「ああ、おそらくそれでできるはずだよ。それと合わせてこの辺りの見張りも頼む」

「ええ、任されました！」

ジーナに渡したのは、ロッテルガの街で購入したホワイトブルという牛型の魔物の乳。

それを冷蔵庫で冷やして、塩を加えて水筒に入れたものだ。どうやらこの乳からバターができるらしい。

元の世界では、生乳から遠心分離《えんしんぶんり》したクリームなどからバターを作ることが可能だ。だが、ロッテルガの街の市場で聞いた話によると、このホワイトブルの乳はそのままでバターが作れるという。元々脂肪分が多い乳なのかもしれない。

クリームからバターを作る方法は実に簡単で、密閉した容器に入れてひたすらに振るだけだ。俺も詳しい仕組みは憶えていないけれど、確かクリームの中には薄い膜に包まれた脂肪が含まれていて、振ったりかき混ぜたりすることで、その膜が壊れて脂肪同士がくっつきバターになるんだったかな。

バターについてはキャンピングカーに積んでいなかったので、このホワイトブルの乳から作れるととても助かる。

ホワイトブルの乳もバターも、キャンピングカーのアイテムボックスの中に保存できるし、普通に飲み物としても牛乳のようにおいしいから多めに買っておいた。

「それじゃあ俺達はこっちで別の作業をしようか」

「ホー！」

バター作りはジーナに任せて、俺とフー太は別の作業を行う。

「さて、この釣り糸で鳴子《なるこ》を作るぞ」

「ホー！」

これから作るのは夜の警備用の鳴子だ。キャンピングカーは車体強化機能により、ディアクのような魔物の突進も防げるが、念には念を入れようと思う。

キャンピングカーには釣り道具を積んでいたので、丈夫ながら細くて見えにくい釣り糸と、市場で購入した大きな音が出る楽器のようなものを組み合わせてみた。糸を揺らせば大きな音が鳴る鳴子を作って、夜にキャンピングカーの周囲に張り巡らしておくつもりだ。

意図せず音が鳴って、逆に戦意のなかった魔物との余計な戦闘が増えてしまう可能性も十分にあるけれど……その場合は倒せそうならジーナに任せて、無理そうならキャンピングカーで逃げるとしよう。

警備しておけば、夜はよりぐっすりと眠れそうだし、昼間に張り巡らせても多少の警戒にはなるだろう。

「よし、こんな感じでいいかな。あとはこれをいくつも作って、キャンピングカーの周りに設置しておこう」

　市場で購入してきた棒に穴をあけてそこに糸を通し、間に大きな音の鳴る楽器を結び付けつつ、次の棒へと糸を通す。あとはこの棒を、キャンピングカーの周囲の地面に三重にして突き刺せば完成だ。


「シゲト、確かに少しずつ固まってきましたよ！」

「おっ、本当だ……うん、味もちゃんとしたバターになっているみたいだ」

　しばらくジーナがホワイトブルの乳を入れた水筒を振ったあと、水筒の中を見てみると、確かに液体の中に固体が現れてきた。実際にバターを作るのはこれが初めてだけれど、うまくいってよかった。

　作り方は振るだけだから、材料の乳がバターを作るのに適したものなら、そこまで難しいものではないのかもしれない。

　こんな感じで、元々キャンピングカーに積んでいなかった調味料なんかは、こっちの世界の原料で作れるかを少しずつ試してみるとしよう。

「次はもう少し塩を加えて作ってみるかな。ジーナ、悪いけれどあと少し作ってもらっていい？」

「ええ、もちろんです」

　ジーナはホワイトブルの乳からバターができる工程が面白かったようで、張り切っている。確かに理科の実験みたいで少し面白い部分もあるよな。

ちなみに、バターができたあとに残った液体は、低脂肪な牛乳としてそのまま飲むことが可能だ。こちらもあとでおいしくいただくとしよう。


「よし、できた！」

ジーナがバターを多めに作ってくれている間に、こちらも夜に周囲を警戒するための鳴子が完成した。試しにちょっと釣り糸を揺らすとガシャンガシャンと大きな音が鳴る。

楽器として使うものなので、思ったよりも大きな音が鳴るようだし、この音ならキャンピングカーの車内でも聞こえるだろう。あるいは音に驚いて魔物が逃げていく可能性もある。

ちゃんと万一の時のことを考えて、キャンピングカーを停める時は常に逃走ルートを確認しておくようにしている。

「シゲト、こちらはこれくらいでどうですか？」

「うん、十分だよ。ありがとうね」

ジーナができたバターを見せてくれたが、この短時間でボウル一杯分ほどのバターができあがった。これだけあればしばらくの間は持ちそうだな。

「シゲトは警戒用の道具を作っていたのですね……それにしてもこれほど細くて見えにくく、さらに丈夫な糸が存在するとは思いませんでした」

「本来は細くて見えにくいから釣りとかで使うんだよね。滝の先にある湖で釣りができたら、試してみたいところだよ」

これから向かうフェビリーの滝のさらに先には湖があるらしい。湖にどんな魚や魔物がいるのかはわからないけれど、もしも釣りができれば楽しみたいところである。

「そう言えばフー太様はどちらへ？」

「最初は俺がこれを作っているのを隣で見ていたんだけれど、途中から飽きたみたいで、散歩に出掛けたよ」

今は向こうの方を飛んでいるのが見える。

街やキャンピングカーの中では、思いっきり飛ぶことができずに窮屈《きゅうくつ》だっただろうし、たまには大空を飛び回りたいのだろう。

空を飛べるフー太だから、大丈夫だとは思うけれど、一応目の届く範囲にいてもらっている。あんまり遠くへ行きすぎると、キャンピングカーの場所まで戻ってこられなくなる可能性もあるからな。

「まだ時間がありそうだな。それじゃあ、ジーナが作ってくれたバターで甘いお菓子を作ろうか？」

「甘いお菓子ですか⁉」

「ハーキム村だと甘いものは何かあった？」

「一応ジャレアという甘い果物があるのですが、一定の時期しか採れないので、村での数少ないご馳走となっておりました」

「なるほど」

ロッテルガの街の市場では砂糖のような甘い調味料が売っていたが、とても高価な値段であった。

どうやらこの世界では、砂糖が結構な値段で取り引きされているらしい。コショウに加えて砂糖も売ってお金を稼ぐこともできそうだ。

確か元の世界ではサトウキビや甜菜《てんさい》から砂糖を精製するんだったっけ。

砂糖が購入できない場所では甘味は果物だけになってしまうのかな。

「それじゃあジーナが作ってくれたバターと市場で購入した小麦粉、ハーキム村でもらった卵に砂糖を混ぜ合わせて生地を作ってと……」

ボウルの中に今ジーナが作ってくれたバターと、ロッテルガの街で購入した小麦粉を入れる。

もちろん元の世界の小麦粉のように真っ白ではないが、これがこの世界では普通なようだな。

卵はハーキム村で鶏を飼っていたので、産みたての卵を分けてもらっていた。街の市場でも卵は売っていたけれど、どれくらい新鮮なものかはわからなかったからな。砂糖は元の世界のものがキャンピングカーに積んであった。

まずは、これらの材料だけでできるシンプルなクッキーでも作ってみるとしよう。

「……よし、生地はこんなものかな」

小麦粉、卵、砂糖、バターを混ぜ合わせて生地を作った。あとはこれを冷蔵庫でしばらく冷やしてから、キャンピングカーにあるオーブンレンジで焼き上げれば完成だ。

「これがそのくっきーとやらなのですか？」

「正確に言うとクッキーの素だよ。これを焼いて完成だけど、このまま食べるとお腹を壊しちゃうから食べちゃダメだよ」

「も、もちろんですよ！」

「…………」

じっとクッキーの生地を凝視していたジーナへ注意をする。

まあ、砂糖やお菓子と聞いたら、今すぐにでも食べてみたくなる気持ちもわかるけれど、このままじゃ食べることができないからな。

「それじゃあそろそろ日も暮れそうだし、晩ご飯の準備をするかな」

今日は久しぶりにまったりとできた。この異世界に来てから驚きの連続だったから、のんびりと物を作ったり料理をしたりする時間もいいものだな。

「ホー！」

「おっ、フー太も戻ってきたか。今から晩ご飯の準備を――って、うわっ⁉」

散歩に出ていたフー太が戻ってきたのだが、フー太はその足にウサギを掴んでいた。

「おかえりなさい、フー太様。これは角《つの》ウサギですね、さすがです！」

フー太が持っていたウサギを置く。よく見てみると、額から角が生えた五十センチメートルくらいのウサギだった。

そう言えば、フクロウはネズミとかを捕えて食べるらしいけれど、これくらい大きなウサギも捕えられるのか……

「ジーナ、この角ウサギは食べられるの？」

「ええ、村でもたまに狩ることができました。ディアクほどではないですが、なかなかおいしくて珍しいウサギですよ」

「そうなんだ。すごいなフー太！」

「ホー♪」

喉元を撫でてあげると嬉しそうに喜ぶフー太。

相変わらず可愛らしいなあ〜。

「これはみんなで食べてもいいのか？」

「ホー！」

力強く頷くフー太。

「くっ……フー太様が獲物を狩ってくれているというのに私は……シゲト、今から狩りに出ても良いでしょうか！」

「いや、もう暗くなるから！　それにジーナが狩りに行っちゃったら、俺やフー太が困るからな！」

「そ、そうでした！」

「街でフー太が攫われそうになった時、ジーナがいてくれてとても助かったよ。それにジーナのおかげで狩れたディアクの肉もまだあるからね」

自分が役に立っていないとでも思ったのか、ジーナがフー太に謎のライバル心を見せている。街ではとても助かったし、ジーナが護衛として一緒にいてくれるという安心感もちゃんとあるのに。

「ウサギとかは解体したことがないから、解体の仕方を教えてもらえると助かる。ジーナは角ウサギを解体したことがあるんだろう？」

「は、はい！　任せてください！」

まあ、今まで村のためにずっと狩りをしていたということもあるのかもしれない。肉が少なくなってきたら、一日ジーナの狩りに付き合う日を作ってもいいかもしれないな。


「できた、今日の晩ご飯の角ウサギのソテーだよ」

「とてもいい香りですね！」

「ホーホー♪」

角ウサギをジーナと一緒に解体して、早速今晩のご飯に使わせてもらった。

ディアクの解体はかなりの作業量だったけれど、この角ウサギはそれほど大きくなかったため、そこまで時間はかからなかった。

解体は洗いながら行うため、大量に水を使用するのだが、キャンピングカーは水を補給できるので、とても助かった。

「うん、おいしいな！　フー太、ありがとうな！」

「ホー！」

角ウサギの肉は初めて食べるけれど、脂が少なくて淡白《たんぱく》な味をしている。弾力がありつつも噛みきれないというわけではなく、噛めば噛むほど独特の野性味のある味が口の中で広がっていく。

最近は脂の多いディアクの肉をずっと食べていたということもあるかもしれないが、さっぱりかつ少しジューシーな味わいがたまらない！

「シゲト、この味はとてもおいしいですよ！　特にこのソースがすばらしいです！」

「ホー♪」

ジーナもフー太もおいしそうに角ウサギのソテーを食べてくれている。今回の角ウサギ肉は、ソテーをしてアウトドアスパイスを掛けたものと、バターソースを掛けたものを用意した。

バターソースは、さっきジーナが作ってくれたバターと、市場で購入した酸味のあるレモンのような果物の果汁を混ぜて作ったソースだ。バターをフライパンに入れ、色が変わるまで熱して果汁と塩と水を加えて作ったシンプルなソースで、この角ウサギの肉とよく合う。

手作りのバターでもちゃんとしたバターの味がするものなんだな。食材が増えるといろいろと料理の幅が広がるからとてもすばらしい。

街で購入しておいたエールを一杯だけ飲むが、これもまた角ウサギのソテーとよく合うんだよ！

あとは街で購入したパンがもっとおいしければ、言うことなしなんだけどなあ……

「ふう～おいしかった。角ウサギの肉はディアクの肉とも違っておいしかったね。ありがとう、フー太」

「はい、とってもおいしかったです！　フー太様、ご馳走さまでした！」

「ホー♪」

角ウサギはそれほど大きくなかったので、三人ですべて食べきってしまった。

角はとても硬くて素材として買い取ってくれるらしいので、角だけは残しておいて残りは地面を深く掘って埋める。

「さて、今日はちょっとしたお菓子があるよ」

「さっきシゲトが作っていたクッキーというものですね」

「ホー！」

「そういうこと。こっちもジーナが作ってくれたバターを使ったよ」

皿に載せたクッキーをジーナとフー太の前に置く。

「なるほど、柔らかかった生地が硬くなっているんですね」

「ああ、さっき一緒に作った生地を冷蔵庫で少し寝かせて、オーブンレンジでしばらく焼き上げたものだよ」

「寝かせる？　おーぶんれんじ？」

「えっと、俺も詳しくは覚えていないけれど、確か生地のグルテンを落ち着かせたり生地のムラをなくしたりするんだったたっけな。オーブンレンジはこのキャンピングカーにある道具で、食材を温めたり熱を加えたりできるんだよ」

ただの電子レンジではなく、ちょっと高価だがオーブンレンジを搭載しておいてよかった。

「うん、初めて作った割にはちゃんとしたクッキーの味になっているな」

「……っ!?　シゲト、とても甘くておいしいです！」

「ホーホー♪」

クッキーを食べるとジーナとフー太は満面の笑みを浮かべた。もしかしたら角ウサギのソテーを食べた時よりもおいしそうかもしれない。二人とも砂糖を使ったお菓子を食べるのは初めてなんだろうな。

クッキーは初めて作った割にはうまくできた。計量カップはあるけれど、砂糖や小麦粉の量なんかは目分量だった。それでもちゃんとクッキーの味がする。

この味だと、次回はもう少し砂糖を多く入れた方が良いかもしれない。

今回使った小麦粉や砂糖、バターの量はざっくりだがメモってあるから、次回作る時に活かしていくとしよう。こうやって自分達で少しずつレシピを探っていくのも面白いな。

「そう言えば、ジーナとフー太はアイテムボックスから物を取り出せなかったんだよね？」

「あの黒い渦ですよね。ええ、私には触れられませんでした」

「ホー！　ホー！」

フー太も首を横に振る。

このキャンピングカーの拡張機能で追加したアイテムボックス機能によって、箪笥の一番上の段を開けるとそこに黒い渦が現れる。このアイテムボックスに物を入れると、時間の流れが止まったまま物を保存できるのだけど、ジーナとフー太には使うことができなかったらしい。

これについては、キャンピングカーの所有者である俺だけがこの機能を使用できるといった感じなのだろう。

「クッキーはアイテムボックスに保存しておくから、もしも食べたくなったら俺に言ってね。まあ、クッキーはたくさん食べると太りやすいから、少しずつ食べるようにしよう」

「そ、そうですね！　……最近はあまり運動もしていないですし、ついシゲトのおいしいご飯をたくさん食べてしまっているので、気を付けなければいけません！」

「ホー？」

まあ、フー太は飛んでいるだけで結構な運動にもなっているし、そもそも魔物に痩せているも太っているもないのかもしれないな。

ジーナは少し自分のお腹を触って確認している。今はとても細くて可愛らしいお腹だが、確かに村にいた時よりも運動量は落ちて、食べる量は増えているから、多少は気になるのかもしれない。

俺も運動は全然していないから、少し気を付けないといけないな。拡張機能に自動ダイエット機能なんかがあればいいのに……

当然そんな都合の良い拡張機能はなかったけれど。

◆　◇　◆　◇　◆

「よし、それじゃあ今日はフェビリー村へ向けて出発しよう！」

「はい。私もハーキム村以外の村へ行くのは初めてなので、とても楽しみです」

「ホー！」

翌日の朝、簡単な朝食を食べて、キャンピングカーを出発させる。

結局昨日作った鳴子は一度も反応することがなく、しっかり眠ることができた。やはり万一何かが近付いてきたら音が鳴るとわかっていると、少しだけ心に余裕が生まれてよく眠れる。

これらの鳴子はちゃんと回収して、また屋外で泊まる時に使う予定だ。

「……よし、ここら辺で降りよう」

キャンピングカーで走り始めてから約一時間、特に問題が起こることもなく、フェビリー村まで数キロメートルのところに到着した。

「レベルアップまで残りは百キロメートルちょっとか。次の目的地に到着するまでにはレベルアップできそうだな」

「れべるあっぷ……このキャンピングカーを強化できると言っておりましたか」

「ホー！」

「まだ強化できるかはわからないんだけれどね。どうなるか楽しみだよ」

ポイントは二日に1ポイント得られるみたいだし、拡張機能の種類が増えるのかな？　なんにせよ楽しみだ。

「とはいえ、レベルアップまではあと一日はキャンピングカーで走る必要がありそうかな。さあ、村へはここからは歩いて向かおう」

キャンピングカーの存在をばらさないためにも、多少は離れたところから歩かないとな。それになんだかんだで良い運動にもなるから、ちょうど良いのかもしれない。

お金や何かあった時のための荷物をリュックに詰めて、ジーナとフー太と一緒に歩くこと数十分、無事にフェビリー村まで到着した。


「いらっしゃいませ、フェビリー村へようこそ！」

村の入口にある木の柵を越えて、フェビリー村へと入る。するとすぐに村の人が二人ほど現れ、俺達を迎えてくれた。

この村の近くにあるフェビリーの滝が、この国の有名な観光スポットになっているようだし、観光で訪れる人も多いのだろうな。

「はるばる辺鄙《へんぴ》な村へようこそいらっしゃいました。フェビリーの滝への観光で……っ!?　そ、そちらにいらっしゃるのは森フクロウ様でございますか!?」

「た、ただのフクロウではない！　森フクロウ様だ！」

「ホー？」

どうやらこのフェビリー村でも、ジーナがいたハーキム村と同じように森フクロウを敬っているみたいだな。当のフー太はよくわからないような顔をしているけれど。

「はい、怪我をしていたところを治療してあげたらとても懐かれてしまったようで、そのまま一緒に旅をしているんですよ。申し遅れましたが、俺はシゲトと申します。こちらは護衛をお願いしているジーナです」

「初めまして、ジーナと申します」

「ほ、ほう。ジーナ様はエルフでございましたか。な、なんとも面白い組み合わせですね……」

まあ、森フクロウのフー太とエルフのジーナと普通の人族の俺。珍しい組み合わせであることは否定できない。

「フェビリーの滝を見に来たのですが、どちらにあるんですか？」

「ええ、フェビリーの滝ですね。あちらの方に森へ続く道がありまして、そこから数時間ほど山を登った場所にございますよ」

村の人が指を差した方向を見ると、そこにはハイキングコースの入口を思わせる道があった。どうやら元の世界の観光地のように、道が整備されているみたいだ。

「もしよろしければ、有料となりますが、護衛や案内人をお付けしましょうか？」

「えっ、護衛って盗賊でも出るんですか？」

「いえ、とんでもございません！　こちらはロッテルガの街からも近く、定期的に村の警備隊が付近を巡回しているため、盗賊が出ることはほとんどないです。ですが、フェビリーの滝へ行くためには森を通って山を登っていくため、しばしば魔物が現れるのです。人を襲うような魔物はほとんどいないのですが、念のため、という方にご案内をしております」

「なるほど……」

確かに観光地みたいな人通りの多い場所にアジトを構える盗賊なんていないか。大きな街からも近いし、獲物は多いかもしれないけれど、リスクが高すぎるのだろう。

「シゲトとフー太様の護衛は私がいるので大丈夫ですね！」

自信満々にドヤ顔を決めるジーナ。確かに魔物が相手なら、護衛はジーナ一人いれば大丈夫そうかな。

「そうだね。でもせっかくだから、案内人は頼んでみようか」

護衛はジーナがいるが、見どころなどを紹介してくれるガイドさんがいればありがたい。

元の世界でガイドさんを雇ったことはないけれど、この世界のガイドさんがどんなものなのか知っておきたい。お金には多少の余裕はあることだし、一度試してみて不要だったら次回からは頼まなければいい。

「ありがとうございます！　それでは少々お待ちくださいませ。おい、今案内は誰が行けそうだ？」

三十代くらいの村の人が、奥にいる人達へ声を掛ける。

「……今日は朝からだいぶ出払っているからな。ちょっと待ってくれ」

「すみません、今日は普段より観光のお客様が多いようで……」

村の人が申し訳なさそうに伝えてくる。それだけ人気の観光地ということだろう。

「ええ、大丈夫ですよ。結構フェビリーの滝を訪れる人も多いのですね」

俺達は特に急いでいるわけでもないので、のんびり待たせてもらうとしよう。

「はい。フェビリーの滝までは数時間ほどかかるので、前日はこちらの村に泊まって、早朝から向う方が多いのです」

「ああ、なるほど」

時刻はまだ昼前だが、確かにこの村は街から三日くらいかかってしまうから、前泊して次の日の朝から観光に行くと楽だろう。

なるほど、異世界の観光地を巡る時にはその辺りもちゃんと考慮した方がいいんだな。

「何、コレット？　あいつは駄目だ、森フクロウ様を連れられているお方に付けるわけにはいかん！　すみません、すぐに案内をできる者が出払っているようでして、今しばらくお待ちいただいてもよろしいでしょうか……」

どうやら今案内できる人は、そのコレットという人以外にいないようだ。

「そのコレットという者は、何か問題があるのですか？」

俺も気になっていたことをジーナが村の人に聞いた。

「え、ええ……実はコレットは黒狼族《こくろうぞく》でして……」

「黒狼族？」

こくろう……黒い狼の獣人さんということだろうか？　獣人だから問題があるということなのかな？

「その黒狼族というのは何か問題がある種族なんですか？」

「いえ、問題というわけではないのですが……実際に見てもらうのが早いでしょうね。おい、コレットを連れてきてくれ」

「あ、ああ」

「あ、あの……コ、コレットと申します」

しばらくして村の人が連れてきたのは、小学校高学年くらいの幼くて可愛らしい少女だった。

黒狼族という名前の通り、くせのある長い髪、頭からぴょこんと生えている耳、後ろから生えているもふもふとした尻尾はすべて真っ黒である。

ロッテルガの街で見かけた獣人は、もっとモジャモジャとした毛深い獣人さんばかりだった。

この子は全然毛深くなく、普通の小学生が犬……じゃなかった、狼のコスプレをしているようだ。

「この子の何がまずいんですか？」

確かに少し服や髪なんかは汚れているとは思うけれど、可愛らしい顔立ちをしていてなんの問題もないように見える。

「……えっと、お客様はこいつの姿を見ても何も思わないのですか？　こんな黒色の耳や尻尾を持つ黒狼族は、不吉《ふきつ》の象徴《しょうちょう》のような種族ですよ？」

「いえ、特には……それを言ったら、俺も黒色の髪と瞳ですし」

「お客様のような人族ならばまったく問題ないのですが、狼の獣人で黒い毛色なのですよ……？」

よくわからないが、この地方では黒い毛色をした獣人はよく思われていないらしい。

なんでだろう、普通に可愛らしい少女に思えるけれどな？

「……ジーナとフー太はこの子に案内をしてもらうのは嫌だったりする？」

小声でジーナとフー太にも聞いてみた。

「私はまったく問題ありませんよ。ハーキム村にはそんな風習はありませんでした」

「ホー！」

フー太も首をブンブンと横に振って否定してくれた。

「連れも大丈夫なので、この子に案内をお願いします」

たとえこの地方では不吉の象徴であったとしても、異世界からやってきた俺にとっては関係のないことだ。

……まあ、同じ黒い髪の色をしているこの子への同情心がないわけではない。あまり綺麗ではない身なりから推測するに、案内をしたら歩合制で給料をもらえるシステムなのかもしれない。

「わ、わかりました。案内料は本来銀貨三枚ですが、銀貨一枚で大丈夫です。その代わりに案内中に何か起こったとしても、こちらは責任を取れませんので、ご了承ください」

「……わかりました」

俺は銀貨一枚を村の人に渡す。

どうやら、この村の人達はこの子にあまり良い感情を持っていないようだ。なんだかこういうのはあまり好きではない。


「あ、あの！　この度はありがとうございます！　精一杯ご案内させていただきます！」

フェビリーの滝を目指して、森の中に入ったところで、コレットちゃんが頭を下げてきた。

「うん、よろしくね。それよりも、村ではいつもあんな感じで扱われているの？」

「は、はい。でもみんなにそう言われても仕方がないんです……お父さんは数年前に病気で死んじゃって、僕一人だけ生き残っちゃって……」

途端にコレットちゃんの表情が曇る。

父親が病で亡くなって一人ということは、母親はそれよりも昔に亡くなっているのだろう。

「大変だったのですね……それにしても、いくら不吉だからといって、こんなに幼くて可愛い子を邪険《じゃけん》に扱うなんて、ひどい連中です。私はそんな噂は信じていないので安心してください」

コレットちゃんの頭を撫でながらそんなことを言うジーナ。

コレットちゃんと同じように村で育って、同じように親を病で亡くしたジーナには思うところがあるのだろう。ハーキム村でジーナはとても大切に育てられていたみたいだけれど、どうやらこの子は違ったようだ。

確かにこの異世界のような文明レベルだと、悪いことが重なってしまうと、何かのせいにすることはあるのかもしれない。それが今回はこの子の黒狼族という種族だったのだろう。

ここは異世界だし、もしかしたら本当に不幸を呼ぶような魔法や呪いみたいなものが存在する可能性もゼロではない。けれど、そんなものがあれば、もうとっくにフェビリー村はどうにかなっている気がする。

「は、はい！　ありがとうございます！」

コレットちゃんの表情が少し明るくなった。やっぱりこの年頃の女の子は笑顔の方がいい。

「私はジーナです。案内をよろしくお願いします」

「俺はシゲトで、こっちはフー太だ。よろしくお願いするよ」

「ホー！」

「ジーナお姉ちゃん、シゲトお兄ちゃんにフー太様ですね、よろしくお願いします！」

……うん、お兄ちゃん呼びはなんだかむず痒《がゆ》いものがあるが、それほど悪い気はしないな。

おっと、別に俺はロリコンというわけではない。


「この辺りは少し足場が悪いから気を付けてくださいね」

「ああ、ありがとう」

「こっちのお花はこの辺りにしか生えていないのですよ。あっちのキノコはおいしそうな香りがしますけれど、毒があるので食べちゃ駄目です」

「へえ～なるほど」

先頭を進むコレットちゃんが森の中を案内してくれながら、道中にある花やキノコや昆虫などの説明をしてくれている。

この道を何度も通ったことがあるらしく、登りの道を難なく進みながらも、俺達のペースを気にしつつ、ガイドまでしてくれるとはな。

まだ幼いから体力的に大丈夫なのか、と心配もしたけれど、むしろ俺の方が先にばててしまいそうである。普段から森で狩りをしていたジーナはともかく、こんなに幼いコレットちゃんに体力的に負けるのは、男としてのプライドが許さないので、なんとか食らいついているという状況だ。

俺も結構キャンプへ行ったり山登りをしたりしていて、体力には自信があったのだが、なんだか自信を失ってしまうぞ……

「大勢の人が通ってしっかりとした道になっているから、迷うことはなかったと思いますが、こうしていろいろと説明してもらえるのは嬉しいですね」

「そうだね。特に俺は、この国の植物には全然詳しくないから、勉強になるよ」

「ホー」

「えへへ〜ありがとうございます！」

俺達が褒めると嬉しそうに微笑むコレットちゃん。

俺は元の世界の野草やキノコなんかについては多少知っているが、この異世界特有の物も多く、こうやっていろいろと教えてくれるのはとてもありがたい。

こういった知識は覚えても意味のないことも多いけれど、森で遭難した時などに命を救ってくれる可能性もあるからな。それこそジーナだって実際に森で遭難して空腹で倒れたわけだし。

「おっ、水の音が聞こえてきた。もうそろそろかな？」

「はい、ここを抜ければフェビリーの滝です」

三時間ほど森の中を歩いていくと、奥の方から水の落ちる音がしてきた。

ここに来るまでにすでに何組もの観光客とすれ違ってきた。やはり他の人達は朝早くからフェビリーの滝へ向かって、ちょうど今の時間帯に戻ってくるみたいだな。

「皆さん、お疲れ様でした。こちらがフェビリーの滝です！」

「これはすばらしいですね！」

「ホー♪　ホーホー♪」

「ああ、これは俺が思っていたよりも見事な滝だよ！」

森の木々の間を抜けた俺達の目の前に現れたのは、とても巨大な滝だった。

滝と言うと、幅が数メートルくらいで、高さは数十メートルくらいをイメージしていたのだけれど、このフェビリーの滝は幅が数十メートルくらい、高さも二百メートル近くある。

その迫力と言ったら、元の世界では見たことがないようなレベルだ。

勢いよく流れ落ちる大量の水と、後ろに見える広大な森の自然の景色が一体となって、幻想的な光景となっていた。

「喜んでいただけたようで何よりです。この国の中でも一、二を争うほど有名な滝なんですよ」

コレットちゃんがどこか自慢げにそう教えてくれる。

「うん、確かにこれはすごいよ。ここまで長い道を登ってきた甲斐があるなあ」

ありきたりな言葉ではうまく表現ができないほど、この光景はすばらしい。ここまで苦労して登ってきたということもあるのかもしれないけれど、それを差し引いても見事である。

それと、事前に情報がまったく入っていないということも大きいのだと思う。

元の世界では、どこかへ観光に行くとなると、下調べの段階でどうしてもその目的地の写真なんかが目についてしまうからな。

この世界には当然写真なんかないし、予備知識がまったくない状態でこれだけ広大な景色を見られれば、そりゃ感動もするってもんだ。

俺達の他に観光客がいないのも良かった。周りに騒ぐ観光客が大勢いると、景観が損なわれるからな。遅く出発したのもある意味正解だった。

「すごいですね。私が暮らしていた村には川はあっても、このような滝というものはありませんでした。世界にはこれほどのすばらしい景色があるのですね！」

「ホーホホー！」

ジーナもフー太もこの大自然の光景にはとても感動している。

ハーキム村の村長さんと交わした、ジーナにいろんな世界を見せるという約束も少しずつ果たせそうである。

「本当にすごいですよね。この滝を見ていると、僕のちっぽけな悩みなんて全部どこかに吹き飛んじゃいます」

そう言うコレットちゃんも、笑顔でじっとこの広大な滝を見つめている。

フェビリー村でいろいろと大変そうな彼女だが、この滝を見ることで少しは癒されているのならよかった。

「そうだフー太。あれ、コレットちゃんならいけるんじゃないか？」

「ホー！」

俺の言葉に頷くフー太。

そう、前にどうしてもしたいことがあって、フー太に頼んで試してみたけれど、実現が難しかったことがある。

それは……

「す、すごいです、フー太様。僕、空を飛んでいます！」

「ホーホー♪」

俺とジーナの目の前には、大きくなって飛び回るフー太と、その背中に乗っているコレットちゃんがいた。

大きくなったフー太は、二メートルくらいの大きさになるので、もしかしたら背に乗って飛べるのではないかと試してもらったことがあった。残念ながら俺やジーナでは重くて無理だったのだが。

「とても羨ましいです……」

「本当だね。俺もフー太の背中に乗って飛び回ってみたかったよ……」

空を飛ぶ。

異世界に来たら一度はしてみたかったことだけれど、残念ながらその夢は叶わなかった。ジーナの風魔法でも自分を浮かすことはできないらしい。

いや、諦めたらそこで試合終了だ。異世界ならきっと俺でも空を飛ぶ方法があるに違いない。

「うわあ～」

「ホー！」

コレットちゃんはとても楽しそうにしていて、さっきよりも元気になってくれたみたいだ。

最初は、汚い自分がフー太の背中に乗るなんて絶対にできないと断っていたけれど、フー太が半ば無理やり乗せてくれたから助かった。

それに、フー太がいきなり大きくなった時のコレットちゃんの驚きようは見ていて面白かった。

コレットちゃんはいつも見ていると言っていたフェビリーの滝だけれど、さすがに空を飛びながら見たことはないだろうな。

空を飛んで上から見る景色はいったいどのように感じるのか気になるところだ。

コレットちゃんくらいの子供ならフー太に乗れるということがわかったな。俺がフー太に乗れなかったのは残念だったけれど、フー太とコレットちゃんが楽しんでいる姿を見ると、俺まで楽しい気持ちになってくる。


「フー太様、本当にありがとうございました!」

「ホホー!」

しばらく空の旅を楽しんだあと、二人がゆっくりと下りてきた。

コレットちゃんを乗せても、思っていたよりも長い間飛ぶことができるようだ。

「あ、あの……今のことは……」

「もちろん村の人には言わないから安心していいよ」

「ええ、もちろん言いませんよ」

「す、すみません。ありがとうございます!」

コレットちゃんをよく思っていなかった村の人が、森フクロウのフー太に乗ったことを聞いたら、嫉妬で罰を与えてくる可能性もある。

「それにしても、この滝は本当に綺麗ですね。いつまでも見ていられれ――」

ぎゅるるるる～。

「はうっ……!?」

隣にいたジーナのお腹の虫の音が盛大に鳴った。あれだけの滝の音がしていても聞こえるくらい大きな音だった。

当の本人は両手でお腹を押さえて顔を真っ赤にしている。こうやって恥ずかしがっている姿は年頃の女の子らしくて、とても可愛らしい。

俺もここまで歩いてきて、かなりお腹がすいている。

「よし、この綺麗な景色を見ながら昼食にしよう」

「お昼はホットサンドだよ。たくさんあるからいっぱい食べてね」

「うう……すみません、シゲト」

「ホー♪」

フェビリーの滝の前にある広場で、リュックに入れてあったシートを敷いてお皿を取り出し、その上に朝作っておいたホットサンドを載せる。フェビリーの滝の場所によっては道中で食べる予定だったけれど、昼過ぎくらいに到着できたのでちょうどよかった。

ジーナは先ほどお腹の音が鳴ったことがよっぽど恥ずかしいようで、まだ顔を赤くしながらお腹を押さえている。

もう今更だからあまり気にしないのにな。

理想を言えば、昼食時にホットサンドメーカーに具材を挟んで、バーナーで焼いて熱々のうちに食べたかったのだが、これだけの人数分のホットサンドを焼くのは地味に時間がかかる。

元の世界でホットサンドメーカーを二つ買っておけばよかったけれど、さすがに異世界にやってくるとは思ってもいなかったから仕方がない。

それにバーナーをあんまり見られたくないというのもある。

この世界には魔道具があるらしいし、バーナーは魔道具だと言い張れば大丈夫だとは思うけれど、念のためだ。

「コレットちゃんもこっちに座ったら？」

シートの上にジーナとフー太が座ったが、コレットちゃんは座ろうとしなかった。

「いえ、僕が座ったら汚れちゃうので、気にせずどうぞ」

案内役としてそう言うのもわかるが、まだ幼いコレットちゃんを立たせたまま、俺達だけで食事をするのはさすがに気まずい。

「俺達は全然気にしないから一緒に座ってくれると嬉しいな」

「わ、わかりました。ありがとうございます」

「うん、どうぞ。コレットちゃんのお昼ご飯はあるの？」

「いえ、僕はお腹がすいていないので大丈夫です。皆さんは遠慮なく食べてください」

「いっぱいあるから、コレットちゃんも少し食べない？」

「い、いえ、大丈夫です！　……でも、本当にありがとうございます！」

コレットちゃんはブンブンと首を横に振る。

「……そっか。でも食べたくなったら遠慮なく言ってね」

少し痩せているように見えるけれど、あんまり無理強いはしない方がいいか……

「それじゃあいただきます」

「いただきます！」

「ホーホー！」

今日のホットサンドは三種類を用意してある。まずはこっちのからいただこう。

「うん、なかなかいけるな」

一つ目はポテトとほうれん草ソテーのホットサンドだ。ジャガイモを茹でてマヨネーズを加え、それと茹でたほうれん草のバターソテーを一緒に挟んだものである。

マヨネーズとバターがあるだけで、どんな野菜でもホットサンドにすれば大抵旨いんだよね。

今回の三種類は、冷めてもおいしく食べられるものにしてある。

「シゲト、こっちのジャムのホットサンドもとてもおいしいです！」

「自家製のジャムだけど、なかなかいけるね。とはいえ、やっぱり出来立てのジャムには勝てないかな」

二つ目はジャムのホットサンドだが、このジャムは昨日作ったばかりだ。

ロッテルガの街で購入したリンゴのような果物を細かく切って、砂糖を加えて、鍋でじっくりと煮込めば完成だ。

味見をしながらちょうどいい味に仕上げた。

砂糖の分量はメモを取ったので、今後また作る時はこのメモを見て参照するとしよう。

とはいえ、やはりジャムは作り立ての方が温かくて旨かったな。パンもサクサクとした歯触りでおいしいが、やはりホットサンドは出来立てが一番おいしいものである。

「ホーホー！」

「おっ、こっちもなかなかいけるな」

三つ目のは生姜焼《しょうがや》きのホットサンドだ。

ディアクの肉を薄く切って生姜焼きのタレに少し漬けておく。それを焼いてレタスと一緒にパンに挟んだものだ。

生姜焼きのタレは元からキャンピングカーに積んでいた。

焼き肉のタレで食べるのも旨いが、生姜焼きもたまには食べたくなるんだよね。

生姜のような野菜も街で売っていたけれど、ぶっちゃけ自分で作るタレよりも市販の方がおいしい。

生姜焼きのタレにすりおろした生姜を加えて、生姜マシマシにして作った生姜焼きも結構好きなのだが、ジーナやフー太は初めてだから、今回は普通の生姜焼きにしてみた。

生姜焼きのタレがパンにもしみ込んでなかなかいける。今回作ったホットサンドの中ではこれが一番おいしいかもしれない。

「絶景を見ながら食べるご飯もいいものだな」

ドドドドドッと滝の落ちる音を聞き、広大な異世界の自然を眺めながら食べるお昼ご飯は、なんだかいつもよりもおいしく感じた。

「ええ。これほどの綺麗な景色を見たのは生まれて初めてです」

「ホーホー」

ジーナとフー太同様、俺もここまで立派な滝を見たのは前世を含めて初めてである。

「それにどのホットサンドもとてもおいしいです。本当にシゲトは料理が上手ですね！」

「ホー♪」

「気に入ってくれたのならよかったよ。多めに作ってあるからたくさん食べてね」

くううう～。

「わわっ⁉」

俺達がホットサンドを食べていると、横に座っていたコレットちゃんから可愛らしいお腹の虫の音が聞こえてきた。

俺達がおいしそうにお昼ご飯を食べているのを見て、我慢ができなくなったんだろう。やっぱりお腹がすいていないというのは嘘のようだ。

「はい、コレットちゃんもせっかくなら食べてよ」

「え、えっと、僕は大丈夫ですから！」

お腹を押さえながらブンブンと頭を横に振るコレットちゃん。

もしかすると、村の人達にお客さんからご飯をもらってはいけないと言われている可能性もあるな。

「コレットちゃんが案内してくれたおかげで、ここまで無事に楽しく来られたから、チップ代わりに受け取ってほしいな。それに多く作りすぎちゃったから、余ったら捨てなくちゃいけないんだよ」

実際には余ってもアイテムボックスに収納して保存しておけば、またお腹がすいた時に食べることができるのだが、こうでも言わないとコレットちゃんは受け取ってくれなそうだ。

「……本当にいいんですか？」

「うん、もちろんだよ。もしもお客さんから食べ物をもらっちゃいけないとか言われているなら内緒にしておくよ」

「……あ、あの！　それじゃあ一つだけいただいてもいいですか！」

「ああ、もちろん。こっちのジャムのやつが甘くておいしいよ」

ジーナもそうだったが、こちらの世界の人はあまり甘いものを食べたことがないみたいだし、この果物のジャムのホットサンドがいいかな。

「……っ!?　あ、甘いです！　こんなに甘くておいしいパンは初めて食べました！　焼かれたパンはサクサクしていて、中からとっても甘い果物が溢れてきます！」

コレットちゃんはジャムのホットサンドを一口食べると、キラキラとした目で手の中の食べかけを見つめ、そのあと一瞬で食べ尽くした。

黒いもふもふとした狼の耳がピーンとなって、立派な黒い尻尾をブンブンと振っているコレットちゃん。

ものすごくわかりやすい反応をしているな。

「気に入ってくれてよかったよ。それじゃあこっちのホットサンドも食べてみて」

「あっ……え～と、こんなにおいしいパンをそんなにいただくわけには……」

また遠慮をしているようだ。

俺達を警戒しているのだろうか。

それとも案内をしたお客さんから食べ物をもらうことに慣れていないのかな？

「この料理は今回初めて作ってみたんだ。いろんな人から味の感想をもらいたいから、ぜひ食べてみてよ」

今度はディアクの生姜焼きホットサンドをコレットちゃんに押し付けるように渡す。

「本当にありがとうございます！」

そう言いながらコレットちゃんは俺が差し出したホットサンドを受け取ってくれた。

「っ⁉　こっちのパンも本当においしいです！　お肉がとってもおいしいし、今まで食べたことのない味が付いています」

さすがにこっちの世界に生姜焼きのタレなんてないだろうし、ディアクの肉も高級肉らしいからな。さっきのジャムのホットサンドと同じくらいおいしそうに食べてくれている。

「最後はこっちのホットサンドだよ」

「あ、ありがとうございます！」

最後のポテトとほうれん草ソテーのホットサンドは、すんなりと受け取ってくれた。

「こっちのパンもお野菜にとってもおいしい味が付いています！　さっきの二つとは全然違う味ですね！」

またもとてもおいしそうに食べてくれるコレットちゃん。しかし、耳は先ほどよりもピーンと張っておらず、尻尾の振り方はさっきよりも勢いがなかった。

どうやら、ジャムのホットサンドと生姜焼きのホットサンドの方が気に入ったようだな。

う〜ん、なんともわかりやすい。

「コレットちゃんはこの中だとどれが一番好きだった？」

「……えっと、こっちのお肉のと甘いのがとってもおいしかったです」

「ふむふむなるほど。とても参考になったよ。それじゃあこっちは感想を教えてくれたお礼だよ」

リュックの中に入れていたクッキーを取り出す。もしかしたらこの村で何かの交渉ごとに使えるかなと思って持ってきておいてよかった。

「これはクッキーっていうんだ。数日間は持つと思うから、お腹がすいたら食べてね」

「えっ!?　いいんですか！」

「ああ。その代わりに帰りも案内をしっかりと頼むよ」

「は、はい！　シゲトお兄ちゃん、精一杯頑張ります！」

うん、やっぱり子供は笑顔が一番である。


「……皆さん、そこでちょっと止まってください」

「うん？」

フェビリーの滝の前で昼食を食べた俺達は今、来た道を引き返して村へと向かっている。

そして森の中を歩いている途中で、案内をしてくれながら先頭を歩いていたコレットちゃんから待ったが掛かる。

「……もう少し先に魔物がいます。こちらは風下《かざしも》なので気付かれていないと思いますが、あまり物音を立てないようにお願いします」

「うん、わかったよ。でもすごいね、よく気付けるもんだ」

森の中の道は木々がとても多く、道もまっすぐじゃないから、先の方があまり見えない。そのため、俺にはこの先に魔物がいるなんてまったくわからなかった。

「そう言えば、シゲトは私のようなエルフや、獣人のような種族をあまり知らないと言っていましたね。獣人の者は身体能力が優れており、聴覚や嗅覚が他の種族よりも利くのです」

「へえ～そうなんだ」

「ええ。ですがその代わりに、獣人の者は魔法を使える者がほとんどいないらしいです。私も村長から聞いた話なので、詳しいことまではわかりませんが」

コレットちゃんは目を瞑《つむ》りながら、その黒くてもふもふとした狼の耳を澄ませている……うん、緊張しているのはわかるけれど、その様子はなんだかとても可愛らしい。

「もう大丈夫です。一体だけでしたが、道から離れていきました」

「それにしてもすごいですね。私の目でも捉えられないほど離れている魔物の存在も感知できるとは」

狩人のジーナは俺よりも視力がよく、キャンピングカーで走っている時は、正面に何かあれば俺よりも先に気付いてくれることが多いのにな。

「本当だね」

「ホー！」

「い、いえ！　僕はそれくらいしか役に立ちませんから！　お父さんだったらとても強くて、狩りでたくさん獲物を狩ってきて、村の人に感謝されていたけれど、僕はほんのちょっとしか獲物を狩れないので……」

「う～ん、ちょっと狩れるだけでも十分だと思うんだけれどなあ」

相手に気付かれずに獲物の位置がわかるのなら、狩りにおいてはこれほど有用な能力もない。まだ幼いのに、大したもんだ。俺だったらウサギですら狩れるか怪しいぞ……

「コレットちゃんのおかげで魔物と遭遇しなくてすんだよ。ありがとうね」

「ホー♪」

「えへへ～そう言ってもらえて嬉しいです！」

そう言って笑うコレットちゃんの笑顔は、年相応のとても可愛らしいものだった。

「コレットちゃん、案内をありがとう。おかげでフェビリーの滝を楽しみながら観光することができたよ」

「私もとても楽しかったです。それに森の中の食べられる野草などを学ぶことができました。本当にありがとうございます」

俺とジーナはそれぞれコレットちゃんにお礼を伝えた。

「ホホーホー♪」

フー太もとても上機嫌だし、かなり楽しかったんだろう。

特に大きな問題はなく、俺達は無事にフェビリー村の入口まで到着した。コレットちゃんの案内はここまでとなる。

本来の金額でも、銀貨三枚で目的地まで案内しつつ森で役に立つ情報を教えてくれるのだから、とても安いものだ。

今後別の観光地へ行く時に案内のサービスがあればまた頼むとしよう。

「楽しんでいただけてよかったです！　僕の方こそおいしいパンをご馳走さまでした。それにこのクッキーも大事にいただきます！」

「多少日持ちはするけど、念のため数日のうちに食べてね。それじゃあ、案内ありがとう」

「あっ、シゲトお兄ちゃん！」

「うん？」

「……い、いえ！　なんでもないです！　本当にいろいろとありがとうございました！」

コレットちゃんは何か言いたそうな感じだったけれど、俺に頭を下げると逃げるように走り去ってしまった。

何が言いたかったんだろう？

# 第八章　旅は道連れ世は情け

「お帰りなさいませ！　何かコレットのやつが粗相《そそう》をしませんでしたでしょうか？」

俺達が村へと戻ると、五十代くらいの男性がこちらの方へやってきた。

「なんの問題もありませんでしたよ。むしろとても楽しめました」

「そうですか、それはよかったです！　申し遅れました、私はこのフェビリー村の村長をしておりますダリアルと申します。森フクロウ様にお会いできて光栄でございます！」

「ホー？」

この村の村長のダリアルさんはどうやら俺やジーナを出迎えるというよりも、森フクロウのフー太を出迎えに来てくれたようだ。

まあ、当のフー太はダリアルさんの言葉がわからないので、頭にクエスチョンマークが浮かんでいるっぽいけれど。

「いや〜森フクロウ様が人に懐いていると聞いた時には本当に驚きましたよ。先ほどは他のお客様の対応をしていたため、ご挨拶ができずに申し訳ございません」

「いえ、お気になさらず」

「もしよろしければ、本日はこの村に泊まっていかれてはどうでしょうか！　……そうですね、森フクロウ様とご一緒ということで、特別に通常料金の半額で、お二人様食事付きで金貨二枚ではいかがでしょう？」

半額で金貨二枚ということは、本来なら一泊で金貨四枚か……食事付きとはいえ、ロッテルガの街の宿と比べるとかなり高い料金設定だ。おそらく、観光地ということと、一日で行ける距離に村や街がないことから、かなり強気な値段設定なのだろう。

「すみません、ちょっと連れと相談しますね」

「ええ、もちろんですとも」

ダリアルさんから少し離れて、小声でジーナとフー太と相談をする。

「金貨二枚だと結構するから、できるだけ進んでキャンピングカーに泊まろうと思っているんだけれど、それでいいか？」

「ホー！」

「ええ、もちろんです。金貨二枚なんて高すぎます！　シゲトが泊まろうとしていたら、全力で止めようと思っておりました！」

「そ、そうなんだ……」

どうやらジーナにとっては、金貨二枚というのはとてつもない金額だったらしい。

まだ夕方前で日は暮れていないし、この村の家を見る限り、たぶん寝心地はキャンピングカーの方が良いに違いない。それならこの村を出てキャンピングカーに泊まった方がお金も掛からずにすんでいいだろう。

「すみません、今からもう少し先へ進もうと思っているので、せっかくですが、遠慮します」

「今からですか？　この村の近くには何もありませんが……」

「行けるところまで行って野営をするので大丈夫です。お心遣いありがとうございます」

「承知しました。残念ですが、ぜひともまたフェビリー村までお越しください」

「ええ、とても良い場所でしたので、また来ます」

「ありがとうございます」

実際にあの広大な景色はすばらしかったし、社交辞令《しゃこうじれい》ではなくまた来てもいいかもしれないな。どうせ来月にはジーナをハーキム村まで送るために戻ってくることだし、その際に寄るのもいいだろう。

この村はフェビリーの滝という有名な観光地があるから、宿泊費や案内料なんかでだいぶ稼いでいるみたいだ。

ただ、コレットちゃんは少し痩せていたし、ボロボロの服を着ていた。この辺りでは不吉の象徴とか言われていたし、あまりいい扱いを受けていないのではないかと思えてしまう。

「そう言えば、コレットちゃんのことについてなんですが……」

「えっ、やはりあれが何かご迷惑をおかけしましたか？」

「いえ、案内自体は大満足でしたよ。森の動植物にとても詳しくて、いろいろと教えてもらいました。それに帰り道で魔物と遭遇しそうになった時、早々に気付いてくれたおかげで回避できましたからね」

「おお、そうですか！　あれもたまには役に立つものですな。いやあ～森フクロウ様のお連れの方に何か粗相でもしたら、村から追い出すところでしたよ！」

どうやら村長であるこの人も、黒狼族のコレットちゃんのことをあまりよく思っていないらしい。

「あれの父親は優秀な狩人で、森の魔物を狩ってくれていたから、黒狼族であっても村に住まわせてやったんですが、その娘は本当に使えないやつなんですよ。この前なんか、魔物を狩ろうとして返り討ちにあってしまいました。あれでも本当に獣人なんですかね？」

「「…………」」

コレットちゃんが粗相をしていないことがわかると、ダリアルさんは聞いてもいないコレットちゃんのことをぺらぺらとしゃべり始めた。

そりゃ獣人だからって、まだ幼いんだから魔物になんて勝てるわけがないだろ。魔物の中には俺とジーナが遭遇したディアクみたいな怖い魔物もいる。むしろコレットちゃんが無事だったことを喜んであげないのか？

なんだかこの村の住人やダリアルさんの話を聞いているとムカムカしてくる。

元の世界でも昔はこういった差別なんかが往々にしてあったのかもしれないけれど、実際にこうして自分の目で見てしまうと駄目だ。

ハーキム村では、エルフであったジーナもとても大切に育てられていたようだけれど、村が違うだけでここまで扱いが違うのか。いや、ここは元の世界じゃないんだし、こういった価値観は人や場所によってもだいぶ違うのだろう。

「狩りだけでなく畑仕事も駄目。フェビリーの滝の案内はここに来る者の半数には嫌がられる。本当に無駄飯食らいの役立たずですよ。いっそのこと魔物にやられてしまえばよかったかもしれませんな。はっはっは！」

「……………」

……うん、コレットちゃんがこの村にいても幸せになれないことはもう十分にわかった。

だが俺もいい大人だ。感情に任せてダリアルさんをぶん殴りたくなったのをなんとか抑えられた。

ここでダリアルさんに手を出すと余計に面倒なことになりかねない。

これからのことを考えても、決して手を出してはいけないところだ。

「おい、貴様いい加減に――」

「ストップ、ジーナ！　村長さん、いろいろとありがとうございました。とても綺麗な滝だったので、また来たいと思います。それでは失礼します」

「は、はあ……ぜひまたお越しください」

「フ～フ～」

「ホー？」

ダリアルさんに詰め寄ろうとしたジーナを後ろから止め、口元を押さえた。そしてそのまま引っ張ってダリアルさんから引き離す。フー太はダリアルさんの言葉がわからないこともあって、何が起こっているか理解できないようだ。

っていうか、ジーナの力は強いな!?　明らかに体格が大きい俺の力でもほとんど動かないぞ！

「シゲト、なぜ止めたのです！　あれだけ頑張っているコレットちゃんにあの言い方はあんまりではないですか！」

ダリアルさんが離れていったのを確認して、俺はジーナを解放した。

「まずは落ち着いてくれ、ジーナ。俺もジーナの気持ちはよくわかるけれど、村長に詰め寄ったところで問題は何も解決しない。むしろジーナが村長に手を出せば、コレットちゃんが八つ当たりを受けるかもしれないんだ」

「そ、そうなのですか……」

俺やジーナがコレットちゃんを庇おうとすると、何か余計なことを言ったとコレットちゃんが罰を受ける可能性が高い。村ぐるみの差別やいじめは正論を言ったところで止まらない。

「ホー？」

「そうだな、フー太にも説明するよ。それからフー太とジーナには俺がどうしたいかを聞いてほしい」

現状がわかっていないフー太にも今のダリアルさんや村の人の話を伝えた。

「ホー！　ホー!!」

「そうだな、このままにはしておきたくないよな」

フー太が両方の翼を上下させながら興奮している。言葉はわからないけれど、怒っていることはよくわかる。

「俺はこの村からコレットちゃんを引き離したいと思っている。これから俺達はいろんな場所を旅するつもりだ。だから、コレットちゃんがもっと幸せに暮らせる場所を見つけるまでは彼女を預かりたいと思う」

ジーナとフー太には俺の正直な話を聞いてもらった。

もちろん、これは完全に俺のエゴだ。

この村で育ってきたコレットちゃんはこの村から離れたくない可能性もあるだろうし、俺がこの村から連れ出したことによって、もっと不幸な目に遭う可能性だってある。

それに、この世界には両親がいない子供や貧しい孤児なんて俺の想像以上に大勢いるかもしれない。そんな中で、コレットちゃんと同じような境遇の子供を、いちいち引き取っていられないことくらいわかっている。

だけど、それがわかっていることと、今コレットちゃんに手を差し伸べないこととは別問題だ。

ハーキム村でドルダ病に苦しんでいたエリナちゃんを助けようとした時と同じで、俺は俺自身が明日からも旨い飯を食うために、自分の思った通りに行動してやる！

「ホーホー！」

「そうか、フー太も賛成してくれるのか」

何度も頷いてくれるフー太。

どうやらフー太はコレットちゃんと一緒に旅をしても大丈夫なようだ。

「もちろん私も賛成です。ですが、慣れ親しんだ村を出るということは覚悟のいることです。それに数年前に亡くなったというあの子の父親のお墓もあるでしょうから、難しいところですね……」

「もちろん無理強いをするつもりはないよ。それにジーナも知っている通り、あのキャンピングカーは一日でかなりの距離を進むことができるから、コレットちゃんが望めばすぐに村に戻ってくることもできるしね」

「そうでしたね。それなら大賛成です！」

確かにジーナの言う通り、家族のお墓や帰る故郷というのはとても大事だ。

まずは本人に確認してみるとしよう。


「……肝心のコレットちゃんはどこにいるんだろう？」

「こちらにもいませんね」

「ホー？」

村の中を探してみたけれどコレットちゃんが見つからない。

フェビリーの滝がある森の入口付近には露店が並んでいた。その反対側には、村の外から来た人が泊まる宿がある。そしてそのさらに奥には、村の人達が住んでいると思われる住居があった。

ロッテルガの街ほどではないけれど、ジーナが住んでいたハーキム村よりも立派そうな家が立ち並んでいる。村を一通り見て回ったけれど、そこにコレットちゃんの姿は見えなかった。

「しょうがない、人に聞いてみよう」

露店や宿の方を歩いている時は大丈夫だったけれど、普段は観光客が来ない村の住人の生活区域を部外者の俺達が歩いていると、住人達からチラチラと横目で見られてしまっていた。

「すみません、コレットという獣人の女の子はどこにいますか？」

「ああ、コレットのやつか。あいつならあっちの方にいるよ」

村の住人と思われる若い男性に聞いてみると、すぐにコレットちゃんがいる場所を指差して教えてくれた。

「ありがとうございます」

「いいってことよ。なあ、そちらの肩に留まっているのは、やっぱり森フクロウ様なのか？」

「ええ。怪我をしているのを助けたら、なぜかとても懐かれてしまって。それ以降一緒に旅をしているんですよ」

「へえ〜そりゃすっげーな！　森の遣いの森フクロウ様をこんな近くで見られたのは初めてだぜ」

「ホー？」

男性はフー太を拝むように両手を合わせているが、肝心のフー太はよくわかっていない様子だった。

……森フクロウであるフー太を敬ったり、黒狼族であるコレットちゃんを不吉の象徴と冷遇したり、この世界の風習は本当によくわからないものだ。

「……ここか」

村の男性が指差した方向へ進んでいくと、村の住人が生活している場所からだいぶ離れたところに小屋があるのを見つけた。

木でできた小屋、言葉にすればその通りだが、そこは人が暮らす小屋ではなく馬小屋だった。

「ヒヒーン！」

そしてそこには当然のことながら馬がいて、俺達が近付くといななないた。

コレットちゃんがここにいるということは、馬の世話をしているのか。

「あっ、シゲトお兄ちゃん！　それにジーナお姉ちゃんにフー太様！」

馬がいなないたのを聞いてか、コレットちゃんが馬小屋の外へ顔を出した。相変わらず黒い狼の耳がピーンと張っていて可愛らしい。

「コレットちゃん、少し話したいことがあるんだけれど、今大丈夫かな？」

「うん、大丈夫だよ」

そう言いながらコレットちゃんは馬小屋から出てきた。

……さて、勢いよく飛び出してきたはいいが、どう切り出したものか。

コレットちゃんがどのくらい長くこの村で育ってきたかわからないが、父親と一緒に過ごしてきたこの村を悪く思っていない可能性もある。

そんな中で、この村のことを悪く言って、俺達と一緒に村を出ようなんて誘うのはよくないかもしれない。まずはコレットちゃんがこの村をどう思っているかをそれとなく聞いて、それから俺達と一緒に来ないかと誘って――

「コレットちゃん、この村の人達はあなたのことをよく思っていないようです。この村を出て私達と一緒に来ませんか？」

「ええっ⁉」

「ちょっ、ジーナ⁉」

単刀直入《たんとうちょくにゅう》にもほどがあるだろ⁉　もう少しいろいろと考えてコレットちゃんに話さないと……

「この村にいてもあなたは幸せになれないと思います。私達と一緒に来て別の住む場所を探しませんか？　もし良ければ私の村も紹介します」

……いや、ジーナなりにコレットちゃんのことを思って、はっきりと言ってくれたみたいだ。

俺も前世では人の顔色を窺うことが多かったが、ジーナみたいに自分の感情をまっすぐに伝えることができる人は羨ましいと思っていた。

こちらの世界では、人の顔色を窺っているよりも、自分の気持ちをまっすぐに伝えることが大事なのかもしれない。

「ジーナの言う通りだ。さっき村の人達と話をしたんだけれど、どうやらこの辺りは黒狼族のことをよく思っていない人が多いみたいだね。今俺達は旅をしているんだが、よかったらコレットちゃんも一緒に来ないかい？」

「ホー！」

フー太も俺の言葉にうなずいてくれている。

「え、ええ～と……」

コレットちゃんはものすごく狼狽している。そりゃ今日会ったばかりの男にいきなりこんなことを言われても困るだろう。だけど俺は構わず続ける。

「お父さんとずっと過ごしてきたこの村から出るのは嫌かもしれないけれど、一度だけでも外に出てみないかい？　いきなり今日会ったばかりの怪しい男にそんなことを言われても怖いと思うけれど——」

「ううん、シゲトお兄ちゃんはとっても優しかったから全然怖くないよ！　それにジーナお姉ちゃんもフー太様も、僕なんかにとっても優しかったし、すっごく嬉しい！　でも……」

俺の言葉を遮るようにコレットちゃんが叫ぶ。

そして、とても嬉しそうな顔をした後に表情が曇ってしまった。やはりお父さんと過ごしたこの村を離れたくないのだろうか？

「僕なんかと一緒にいると、こんなに優しいシゲトお兄ちゃん達にまで不幸が移っちゃうかもしれないよ……」

「………………」

こんな状況でも俺達のことを気にしているんだな。本当に優しくて良い子じゃないか。

きっとこれまでに散々不吉の象徴と言われ続けてきたから、本当にそうだと思ってしまったのだろう。

不吉の象徴なんて知ったことじゃない！

「俺達のことは気にしなくていい。別にこの村から一生離れるわけじゃないし、戻りたくなったらすぐにここまで送ってあげるよ。だから、もしもコレットちゃんがこの村を出てみたいと思うのなら一緒に行こう！」

「本当にいいの？　僕がシゲトお兄ちゃんに渡せるものは何もないんだよ？」

「別に何か見返りがほしいわけじゃないんだ。単なる俺の自己満足だから、コレットちゃんが気にする必要はない」

「……本当に本当？」

「ああ。だからコレットちゃんが少しでも村を出たいと――」

「行く！　シゲトお兄ちゃんについていく！」

「おっと」

言葉の途中でコレットちゃんが俺に抱き着いてきた。そしてその黒い瞳から大粒の涙を流しながら泣き始めた。

……やっぱり、この村で生活するのはとても辛いことだったんだろうな。こんなに幼いのにこれまでずっと耐えてきたに違いない。

「あ、あの！　服を汚しちゃってごめんなさい」

「ああ、こんなの気にすることはないよ」

コレットちゃんが泣き止むまでしばらく時間がかかった。本当にこれまでずっと辛かったんだろうな。

俺の服はコレットちゃんの涙と鼻水でぐしょぐしょになってしまったが、こんなものは洗濯すればいいだけの話だ。

「それじゃあ、一緒にこの村を出るとしよう。一度コレットちゃんの家に荷物を取りに行こうか」

「うん！　シゲトお兄ちゃん。ちょっとだけ待ってて」

「うん？」

そう言いながら、なぜかコレットちゃんは馬小屋の中へ戻っていく。そして馬小屋にいた二頭の馬に別れを告げていた。

長い間この馬の世話をしていたのかもしれないな。なんだ、一瞬こんな馬小屋で暮らしているのかと思ってしまったぜ。

「お待たせしました。荷物はこれだけだから、大丈夫です！」

「「…………」」

コレットちゃんはそう言いながら馬小屋の藁《わら》の奥から、数着の服と先ほど俺があげたクッキーを持ってきた。どうやら本当にコレットちゃんはこの馬小屋で生活をしていたらしい。

さすがにこれには、俺もジーナも絶句してしまった。

「……お父さん、行ってきます」

村から少し離れた森の一角に、石が置いてある場所があった。ここがコレットちゃんの父親のお墓だ。お墓の前で俺とジーナも一緒に手を合わせた。

この世界は土葬《どそう》らしいのだが、コレットちゃんの父親のお墓は村の人達のお墓とは別の場所にあった。本当にこういうのを見ると嫌な気持ちになる。

俺が最初に訪れた村がハーキム村で心からよかったと思う。

「それじゃあ行こうか。とはいえ、その前に村長には話しておいた方がいいな。さすがに引き留められる可能性は低いと思うけど、一応は話しておこう」

「ホー！」

「安心してください、シゲト。もしも無理に引き留めるようなら、私が力尽くでもコレットちゃんをこの村から連れ出しますから！」

「ふえっ⁉」

「ジーナ、ちょっと落ち着いてくれ」

さっきは自分の感情をまっすぐに伝えればよかったけれど、世の中にはそれだけじゃどうにもならないこともある。特にこっちの世界では暴力は本当に危険なものだ。そう簡単にこちらから手を出していいものではない。

まあ、コレットちゃんやその父親の扱いを見ると、ジーナの憤る気持ちも大いにわかるけれどな。

「ここはコレットちゃんがお父さんと暮らしていた村だし、お父さんのお墓だってある。俺もアテのない旅をしているわけだし、またここに戻れるようにはしておきたい」

「うっ……」

俺の言葉にジーナは先ほどまでの勢いと言葉を失う。

うん、感情的に動きすぎるのは時として良くない場合もあるからな。

大丈夫、もしも村の人達がそれを許さない場合には、キャンピングカーを出してコレットちゃんを攫って逃げるから。キャンピングカーなら間違いなく逃げ切れるだろうし、俺もそれくらいの覚悟は持っている。

あれだけ不吉の象徴として忌避《きひ》していたコレットちゃんが村を出ようとするなら、特に何も言われないと思うけれど……あの村長のことだから素直にコレットちゃんを送り出してくれない可能性もある。

少し疑いすぎかもしれないが、これまでの扱いが扱いだからな。村を出ようとしたら、お金なんかを要求してくる可能性もあるとさえ思えてしまう。

円満にコレットちゃんを村から連れ出しつつ、コレットちゃんが今後も穏便《おんびん》に里帰りできるようにするためには……

「フー太、すまないがちょっと協力してくれないか？」

「ホー？」

俺の右肩に留まっているフー太が首を傾げる。相変わらずその仕草はとても可愛らしい。この可愛さなら、もふもふや小動物好きの人なら即オチは間違いないだろう！

もちろん、この可愛さで落とすという作戦は冗談だが、この村の人達は黒狼族を忌避する一方で、森フクロウであるフー太を敬っているからたぶんいけるだろう。

「おや、皆様いかがされましたか？」

みんなと打ち合わせをしてから村へ戻り、村長であるダリアルさんを見つけた。

「そろそろ村を出ようと思っていたので、改めてご挨拶をしたかったのと、一つご相談がありましてね」

「はあ、相談ですか。それにしても、どうしてコレットのやつに……？」

俺とジーナ、そして俺の横にいるコレットちゃんを怪訝な目で見るダリアルさん。

「実はですね、俺に懐いているこちらの森フクロウ様が、どうやらコレットちゃんにもとても懐いてしまったようなんですよ」

そう、今フー太は定位置である俺の肩ではなく、コレットちゃんの肩に留まっている。そして打ち合わせ通りにコレットちゃんにその頭を預けている。

「ほう、コレットのやつに！」

ダリアルさんはとても驚いた表情をしている。ジーナにも改めて聞いたのだが、そもそも森フクロウはとても警戒心が強く、人に懐くようなことはほとんどないらしい。

フー太の場合は怪我を治療するのを手伝ってあげたらすぐに懐いてくれたし、俺だけではなくジーナやコレットちゃんにも気を許しているから、全然そんなふうには見えないけれど。

「そこでご相談なのですが、森フクロウ様のお世話係として、この子をしばらくの間お借りできないでしょうか？」

「コ、コレットのやつを森フクロウ様のお世話係にですか!?　……いえ、しかし本当に大丈夫なのですか？」

「もちろん、コレットちゃんに難しいことや危険なことをさせるつもりはありませんよ。食事を作る手伝いをしてもらったりするだけです。それにコレットちゃんはだいぶ耳や鼻が利くそうなので、護衛のジーナと一緒に周囲を警戒する手伝いをしてもらえると助かります。当然コレットちゃんの食事や服などはこちらで用意させていただきます」

「あ、いえ。コレットのやつではなく、森フクロウ様は本当にこいつと一緒で大丈夫なのでしょうか？」

「…………」

考えてみれば、ダリアルさんがコレットちゃんの心配なんてするわけがないか……

「こちらの森フクロウ様と出会った地域では、黒狼族が不吉の象徴だという話は聞いたこともないので大丈夫ですよ。それに、コレットちゃんもいざとなれば、命を懸けて森フクロウ様を守ってくれるようですから」

俺の言葉にコレットちゃんが力強く頷く。この辺りも予め打ち合わせをしていた。

「そうですな。いざとなれば、こいつでも森フクロウ様の盾くらいにはなりそうですな！」

「…………」

相変わらず酷い言い草だが、ここは穏便にすませるためにも我慢だ。

「それでしたら、シゲト様とそちらのエルフの女性の方も、このフェビリー村で一緒に暮らすというのはいかがでしょうか？　我々一同は森フクロウ様ともども歓迎いたしますよ！」

ダリアルさんの性格からして、間違いなくそう言ってくると思っていた。

おそらくだが、森フクロウが暮らしている村などと銘打って、さらに観光客を集めるつもりなのだろう。当然俺やジーナはおまけというわけだ。

「いえ、申し訳ないのですが、旅をしている身ですから」

「そうですか……それでは数日間はこちらの村で過ごしていただいてはいかかでしょうか？　もちろんお代はいりませんので。きっとお二人にもこの村のすばらしさを感じていただけると思いますよ」

なおもグイグイとくるダリアルさん。

冗談じゃない、これ以上この村にはいたくないぞ。

「すみません、時間もそれほどございませんから。一月後にまたこの村に寄らせてもらいますので」

「一月後ですか……承知しました。コレット、森フクロウ様の世話係という光栄な大役を、見事に果たしてくるのだぞ！」

「は、はい！」

ふう～。とりあえずはなんとかなったようだ。

あまりよく思っていない黒狼族のコレットちゃんに対して、森フクロウの世話係という光栄な役割が与えられれば、喜んでコレットちゃんを差し出してくると思っていたぞ。

仮に俺達が一月後に来なくても、ちょうどいい厄介払《やっかいばら》いができると思っているのだろうな。

無事にコレットちゃんをこの村から連れ出せそうでほっとした。

「……この辺りまで来ればもう大丈夫か。ジーナ、尾行してくる村の人はいなさそうか？」

「はい、大丈夫ですよ」

無事にコレットちゃんをあの村から連れ出すことができ、現在は村を出てだいぶ離れたところまでやってきている。

ダリアルさんは最後まで俺達――というよりは、森フクロウのフー太を村に留めようと勧誘してきた。まあ、商売とかをするなら、あれくらい強引な性格の方が向いているのかもしれないけれどな。

「あ、あの！　シゲトお兄ちゃん、ジーナお姉ちゃん、フー太様。僕を連れ出してくれて、本当にありがとうございます！」

「私達がしたいことをしただけです。そうですよね、シゲト？」

「ああ、俺達がしたいようにしただけだから、コレットちゃんは気にしなくていい」

「ホー！」

「あ、ありがとうございます……」

またしても涙ぐんでしまうコレットちゃん。

やっぱりあの村での生活はよっぽど辛かったのか。

村から出たくても、お金なんかもらっていないだろうし、幼いコレットちゃん一人では出たくても出られなかったのだろうな。

「さて、もう少ししたら日も暮れてくるだろうし、さっさと移動するとしよう。コレットちゃん、今から見せることは他の人には秘密にしてほしい――」

「はい、絶対に誰にも言いません！」

「う、うん。よろしくね」

ものすごく食い気味で承諾された。

さて、それじゃあいきますか。

「え、ええ～!?」

車体収納機能によって収納していたキャンピングカーを取り出す。

今まで何もなかった空間に巨大なキャンピングカーが現れて、コレットちゃんはとても驚いている。

「シ、シゲトお兄ちゃんは魔物を召喚できたんだね……」

「えっとね、これはキャンピングカーと言って、魔物じゃなくて乗り物なんだ。馬車のすごく大きなやつだと思ってくれればいいよ」

「えっ、これに乗れるの!?」

う～む、やはりこちらの世界の人は初めてキャンピングカーを見ると魔物だと思うらしい。

まあ、こんなに巨大で変な形をしている乗り物は見たことがないだろうからな。

「詳しい説明は走りながらするよ。コレットちゃん、これからよろしくね！」

「コレットちゃん、これからよろしくお願いしますね！」

「ホーホー♪」

「はい！　シゲトお兄ちゃん、ジーナお姉ちゃん、フー太様、よろしくお願いします！」

そう言いながら、コレットちゃんは俺が差し出した手を取ってくれた。


一緒に旅する仲間がまた一人増えた。

相棒のキャンピングカー、森フクロウのフー太、エルフのジーナ、そして黒狼族のコレットちゃん。

長年の夢だったキャンピングカーを購入した次の日に、俺はいきなりこの異世界へとやってきた。最初はどうなることかと思ったけれど、みんなのおかげで、今では楽しみながらこの世界を回れるようになっている。

元の世界でブラック企業にこき使われて働いていた頃と比べると、毎日が最高に楽しい。

おいしいご飯に、初めて見る美しい景色、毎日新しい出来事が起こって一日一日が本当に新鮮だ。

もちろんいろいろなトラブルもあったけれど、それもみんなで乗り越えてきた。

もう少し走ればキャンピングカーのレベルが上がる。

新しい拡張機能が増えるのか、これまでの機能が強化されるのか、はたまたキャンピングカー自体が強化されるのか。

レベルアップするとどうなるのかとても気になるところである。

観光名所のフェビリーの滝も見たし、次は魚料理が有名な、北にある大きな湖へと向かう予定だ。

そこにはどんなおいしいご飯や、どんな光景が待っているのかを考えるだけでワクワクしてくる。

これからもキャンピングカーとみんなと一緒に、この異世界を目一杯楽しみながら旅をしていくとしよう！

# キャンピングカーの全貌大公開!

## そもそもバスコンって何?

バスコンとは、
バスやマイクロバスを
ベースにコンバージョン
(転換)した
キャンピングカーのこと。
大きく高額のため維持が
大変だが、圧倒的な広さと
乗り心地のよさが人気。

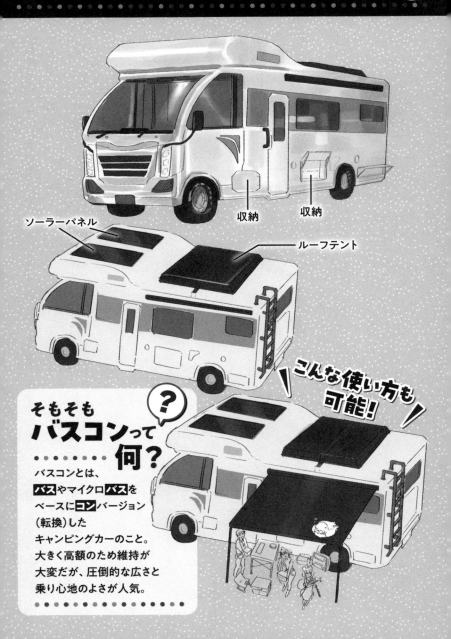

# 内装はこちら！

1. カーテン
2. ソファ・テーブル
3. 収納
4. 収納・簡易ベット
5. 窓
6. ベット
7. ハシゴ
8. ソファ（組み立てベッド）
9. 冷蔵庫・冷凍庫・オーブンレンジ
10. ドア
11. コンロ・シンク
12. トイレ
13. シャワー

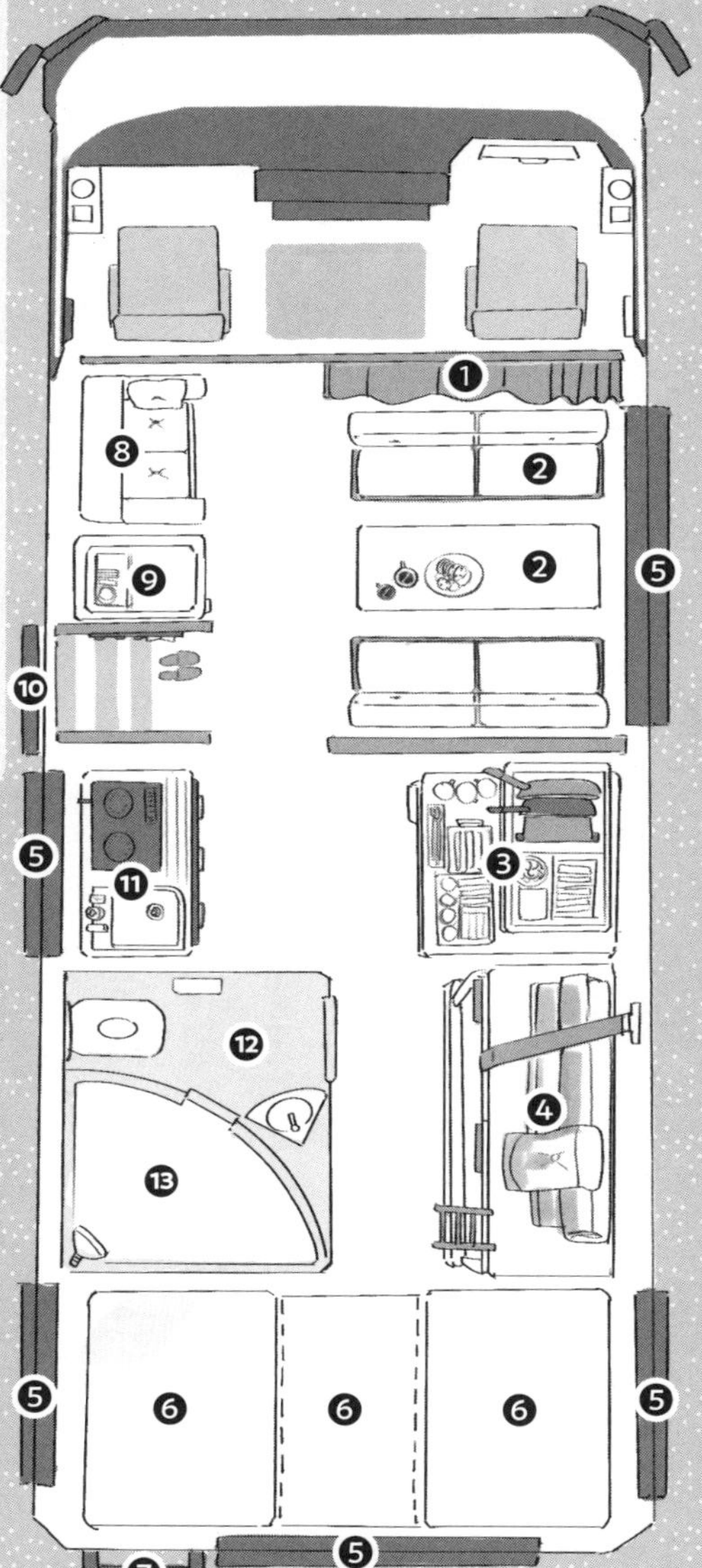

point

## シゲトのこだわりポイント

- ☑ 組み込み式の広々キッチン！
- ☑ 冷蔵庫、オーブンレンジなどの家電を搭載！
- ☑ ゆったり使える快適ベッドスペース！
- ☑ どこに行っても安心のトイレ＆シャワー完備！

「素材変質」という素材を劣化させるスキルのせいで、錬金工房をクビになってしまったエリク。仕方なく冒険者となった彼だったが、実はこのスキル、採取前の素材を上位種に変化させるものだった。スキルの真価に気付いたエリクは、その力で激レア素材を集め、冒険者、そして錬金術師として自由に生きようと決意する。そこへ、エリクの力を見込んだ冒険者の少女や神獣たちがやってきて——追放された錬金術師の気ままな冒険ファンタジー、開幕！

●定価：1430円（10％税込）●ISBN：978-4-434-34682-8 ●Illustration：丈ゆきみ

この作品に対する皆様のご意見・ご感想をお待ちしております。

おハガキ・お手紙は以下の宛先にお送りください。

【宛先】

〒150-6019 東京都渋谷区恵比寿4-20-3 恵比寿ガーデンプレイスタワー19F
（株）アルファポリス　書籍感想係

メールフォームでのご意見・ご感想は右のＱＲコードから、
あるいは以下のワードで検索をかけてください。
アルファポリス　書籍の感想　検索

ご感想はこちらから

本書はWebサイト「アルファポリス」（https://www.alphapolis.co.jp/）に投稿されたものを、改題・改稿のうえ、書籍化したものです。

# キャンピングカーで往《ゆ》く異《い》世《せ》界《かい》徒然《つれづれ》紀《き》行《こう》

タジリユウ

2024年 10月30日初版発行

編集ー藤野友介・宮坂剛
編集長ー太田鉄平
発行者ー梶本雄介
発行所ー株式会社アルファポリス
〒150-6019 東京都渋谷区恵比寿4-20-3 恵比寿ガーデンプレイスタワー19F
TEL 03-6277-1601（営業）　03-6277-1602（編集）
URL https://www.alphapolis.co.jp/
発売元ー株式会社星雲社（共同出版社・流通責任出版社）
〒112-0005 東京都文京区水道1-3-30
TEL 03-3868-3275
装丁・本文イラストー嘴広コウ
装丁デザインーAFTERGLOW
印刷ー中央精版印刷株式会社

価格はカバーに表示されてあります。

落丁乱丁の場合はアルファポリスまでご連絡ください。

送料は小社負担でお取り替えします。


ISBN978-4-434-34681-1 C0093